夏之楓
著
殺戮之星
凡提亞

目錄

靈夢將至

噩夢將至

CHAPTER 1 絕望

人造星球宇宙殖民地「凡提亞」，時間於地球與殖民地歷時4225年，殖民地發生了與當時地球毀滅同樣的狀況，原本和平的世界燃起了戰亂，和平早已經不存在了，政府機關為了控制住叛亂的軍隊和趁動亂中搶奪財物的不良百姓，實行了祕密研究的改造人兵器計畫，稱為「Y計畫」，屬於最高級國家機密，以為和平可以就此到來，想不到只是恐怖噩夢的開始。

在這動盪不安的社區裡，一位20歲的男子名叫「孝英」，跟一位18歲的妹妹名叫「蒂娜」，從小兄妹倆莫名被父母遺棄，連他們的長相都沒見過，自己的名字也是撫養他們長大的老爺爺取名的，也沒有姓氏，現年爺爺已去世，兄妹相依為命，在一個名為「黑市」的社區裡生活，但是當下政府運作已失去功能，外面是各種暴力搶奪的黑暗世界，一般小孩子一不留神，就會被抓走成為人口販子的金錢來源，這對兄妹對於這樣的社會似乎已經習慣了，過著一天是一天的日子。

「今天依然不平靜，一直還能聽的到槍聲！」孝英掀開窗簾望向外頭，露出無奈的神情說著，他有著清爽的黑色頭髮、綠色瞳孔、身材不壯碩，一般體態的年輕人。

廚房不斷傳來炒菜聲，孝英居住的是約二十坪的公寓，家裡位置則是在二樓，一位年輕貌美的女孩「蒂娜」是孝英的親妹妹。

「好了，別看了，外面已經很亂了，我們好不容易有個平靜的空間，如果生活一直被這些動亂打擾就很麻煩了，哥哥可以來吃飯了。」

蒂娜正把煮好的菜擺放到飯桌上，蒂娜有著紅色長髮，平時因爲家務頭髮總是綁著馬尾，眼睛擁有跟哥哥一樣的綠色瞳孔，長相是位身材姣好的美麗女孩，平時家裡靠著哥哥出去打零工維持家裡的開銷，生活雖苦，但還過得去。兄妹倆彼此也很知足，蒂娜知道哥哥工作非常辛苦，所以家務都一手包辦，由於外面動亂很危險，蒂娜選擇很少出門，也是爲了能讓哥哥孝英放心的去外頭工作。

「哥哥，我想我是不是也該去找份工作賺錢，幫忙一點家計呢？你也不用麼每天這麼辛苦。」

「不行，這我不同意，外頭這麼危險，不能因爲想賺錢而去冒險。」

蒂娜聽畢，表情露出些許無奈。

「蒂娜……妳等哥哥多賺一點錢，我們就找地方搬家，找個眞正和平安詳的地方好嗎？」

蒂娜給了哥哥一個微笑的回應，雖然這是蒂娜裝出來的假笑。

「和平的地方……早就不在了……沒有這種地方了……哥哥。」

這是蒂娜心裡想著卻沒有說出來的想法。

孝英一如往常的快速吃完早餐，隨後背上背包到門口穿起了鞋子接著說：

「總之，現在外面很混亂且不安全，蒂娜記得絕對不能外出，也絕不能隨意開門，任何推銷都不必購買，那麼我要出門了。」

「好的，路上小心，這是便當，對了！今天晚餐有你最愛喝的南瓜濃湯喔。」

「蒂娜，那我還要搭配麵包！麻煩看家了。」

「我知道了，哥哥路上小心。」

蒂娜給了孝英溫柔的微笑，隨後在門口對著孝英揮了揮手，孝英往樓下跑去，這對兄妹居住的地方是非常破舊的社區，這是一棟十層樓的公寓，家裡位居二樓，這社區也是政府無能看管保護的非法地帶，沒有停水停電已經是奇蹟了。

孝英騎著垃圾場撿來自行車，自行修理了一番後就成了每日的代步工具。

蒂娜看著哥哥離去的身影心想著：

「哥哥每天辛苦賺錢工作，我也必須把家裡打理好，做好哥哥喜歡吃的飯菜幫他補補身子。」

蒂娜非常的溫柔體貼也很懂事，開始了日常的生活打掃，家中關閉的窗外，隱約傳來不少槍擊聲，雖然這現象對於蒂娜來說已經是常態了。

「看來平靜的日子能過一天是一天呢，你說對吧？哥哥。」

這時候孝英沿路往工作方向騎去，日常工作是幫忙店家雜貨搬運和運送小貨品到附近其他店面，這是名副其實的體力活，黑市街道上人潮非常稀少，在大街上的人行道和地下道，常常可見眾多無家可歸的遊民，年紀無分大小都有，大家只能想辦法生活過一天算一天。

孝英工作時間裡，運送貨物在街道上時，也常帶個麵包丟給路邊沒有飯吃的孩子們，雖然無法幫助所有人，只能盡力而爲。

「政府到底在做些什麼？這樣下去大家遲早都會撐不住的，到底我們還要過多久這種生活？」

時間很快的來到了下午，孝英在店裡搬運貨物時，聽到店外突然非常的吵雜，於是走出來一看。

外頭好幾輛大型裝甲運兵車停在大街上，衆多政府士兵從車上跳了下來，開始往四周住家店家找尋年輕的孩子，男女不拘，每一位被選中的小孩就被叫上裝甲運兵車，許多父母則大喊著：

「爲什麼要帶走我的孩子？我們什麼也沒做啊！你們這是要做什麼？」

四周看似軍事人員的其中一位說著：

「住口！爲了安逸的生活，必須爲政府做點事，只是要帶這些孩子去接受訓練，不得反抗。」

孩子們被帶上車後，理所當然的傳出哭喊聲，其中一位小女孩不斷哭喊著：「我不要去，我要留在爸媽身邊。」這時候軍人在這孩子的面前開槍了，大家頓時間呆住，這些軍人竟然當著孩子的面射殺了他們的父母。

「爸、媽，不要啊！」小女孩看了眼前被射殺的父母瘋狂尖叫了，孝英看著這年約13歲的小女孩，有著藍色的頭髮和紅色的瞳孔，此時的小女孩在尖叫中也無意間和孝英對望了一下，看似尋求幫助，隨後馬上被打暈了過去。

「你們都給我住口，這樣就不會吵了吧，其他小鬼再吵就試試看。」

孝英這時跑到這些軍人的面前喊著：

「你們在做什麼？你們不是政府的軍人嗎？爲什麼如此對待我們平民？」

完全沒有人理會孝英，無厘頭的當場被一群軍人痛打了一頓，疼痛的倒在地上，孝英吃力的趴在地上喊著：

「你們到底……要帶走多少人，你們要做什麼？」

其中一位軍人不以爲然的大笑，離開前用看垃圾那種神情對著孝英說：

「說什麼鬼話？你這傢伙，當然是我們看中的實驗品，你看起來沒什麼用，垃圾就該有垃圾的樣子，我們只抓上等貨。」

「現在我們可忙著，等其他區域的孩子抓的差不多，就要持續進入下一個區域，哎呀！我可不能說太多，往下一個地方前進。」

於是孝英附近的孩子們被帶走了不少，孝英第一個念頭想到就是：

「不……不好了……他們還有其他區域也在抓人……蒂……蒂娜。」

孝英馬上利用店裡的電話打給家裡的妹妹，電話持續響著，孝英內心非常的緊張不安。

「蒂娜快接……快接啊……希望妹妹沒事……」

電話終於接通了，孝英鬆了一口氣。

「是哥哥嗎？」

「蒂娜，快把門鎖好，我馬上回去，政府的軍人在抓人，千萬別讓他們進門來。」

「哥哥你別回來家裡，門口已經有一群陌生政府軍人在應門了，家裡已經一團亂了……別……」

蒂娜說話的樣子有點上氣不接下氣的。

「蒂娜，妳怎麼了？」

「哥哥，他們已經進入我們這個社區了，我從窗戶看到他們，竟然亂槍掃射打死了很多反抗的居民，我雖然把燈都關了，他們叫門……我也沒有回應就是了。」

「妹妹……我馬上回去，妳等我。」

孝英這時從電話中聽到很大的撞擊聲。

「蒂娜，那巨大聲響什麼？」

「我沒事，我把櫃子推倒了擋在門前。」

孝英這時從電話內聽到猛烈的槍擊聲，而且還聽到陌生男性跟蒂娜的對話。

「哎喲！小妹妹，妳都中彈了還不開門嗎？這麼年輕死了好嗎？」

「嗯……我絕對不會讓你們進屋的，我要守住這個家！」

孝英此時慌了：

「妹妹！妳快找地方躲起來，快點！哥哥馬上回家了，撐著點。」

電話的另一頭傳來蒂娜痛苦的跑步聲，還有一堆東西掉落的聲響。

蒂娜在電話最後講到：「哥……哥哥，千萬別回來……我……沒事，你回來也會被殺的……」

「蒂娜撐著點，哥哥不能失去妳，快躲好。」

這時電話的另一頭再也沒傳來妹妹的回應，隨著幾秒後電話掛斷了……。

CHAPTER 2

One year later(一年之後)我是Y3

「為什麼？這個世界要如此對待我，連我僅存的家人也要受到傷害？」

「如果親人都死了，那麼黑暗的世界對我來說有什麼意義？」

這突發事件讓孝英措手不及，急忙騎著自行車快速往家裡的方向去，回去沿路都有看到軍方的車子陸續把年輕的青年和小孩帶走，孝英已經不管其他人的狀況，只想快點回到被入侵的家。

「違抗我們有什麼好處嗎？知道你已經中彈了小妹妹，快點出來吧。」

一位軍人持續用身體猛撞蒂娜家裡殘破不堪的大門喊著。

「大爺我在執行任務，違抗者射殺都是看我心情，還是先玩弄妳之後，再殺了妳也可以喔。」

屋內的蒂娜用了不少家具擋住大門，自己躲在廚房裡，手裡握著菜刀蹲在地上發抖著，地上滴著蒂娜落下的血液，因為右手臂被入侵者從門口掃射打中了一槍，於是用簡單的毛巾包覆著，黃色毛巾已被受傷的鮮血染成了紅色，表情非常緊張痛苦。

「哥哥，別回來……家裡我顧得好好的，冰箱裡還有我準備好的晚餐，熱一下就可以吃了，要記得每天衣服要洗，還有工作別遲到了……」

蒂娜小聲的自言自語，這時門外三位軍人破門而入慢慢走了進來，蒂娜這時手中的刀握的更緊了，不敢吭聲。

「小女孩妳在哪呢？浪費我們不少時間，看我怎麼調教妳。」

其中一位軍人慢步走到客廳轉角處，蒂娜突然衝出，快速用菜刀砍斷了軍人拿槍的手掌，其他兩位軍人根本來沒反應過來，蒂娜當下不到兩秒時間裡又往眼前斷掌的軍人脖子上揮了一刀，直接割斷了氣管當下噴出血，這軍人連叫的機會都還沒有當場沒了生命倒了下去，其他兩位才慢慢反應過來同伴死了一位，看著眼前不遠的蒂娜驚訝著。

「只有這小女孩？等等，她的眼神……」

蒂娜眼神充滿殺意，自己也不知道會果斷做出了殺人的動作，當下卻沒有被自己的行爲嚇到，蒂娜沒有理會眼前的軍人往客廳窗邊跑去。

「等等妳別跑，站住。」隨後追到了客廳裡，蒂娜兩手握著沾滿鮮血的菜刀發抖著，意識裡已經忘記自己右手臂中彈的事情。

「別過來，你們別靠近我。」

其中一位軍人馬上往蒂娜右腳大腿部用手上的短槍射了一槍，碰的聲音。

「嗯……」這個痛苦的聲音只存在蒂娜心裡，沒有叫出來疼痛，眼神堅定看著眼前的危險，自己慢慢往後靠在落地窗的大塊玻璃上。

這軍人原本還要再繼續開槍卻被另一位同伴伸手制止了。

「等等，這女孩完全不膽怯也沒逃避，現在的眼神簡直就是告訴我們，放馬過來我已經做好跟你們一起死的覺悟一樣。」

這時戶外是好幾輛裝甲車停在街道上，一堆士兵把民眾住家的年輕孩子帶上車的畫面，一樣傳出大量的各種哭喊聲和被射殺的尖叫聲。

孝英這時趕到了住家樓下，發現大門口一整群軍人根本無法進去，便繞到巷子騎到公寓後面想辦法要進入樓裡。

「你們要做……？爲什麼要闖入我家？」手上握的刀發抖得更厲害。

蒂娜受傷開始講話吃力了起來。

「我們受政府命令要帶走年輕的青年和孩子，成爲祕密實驗材料。」

講話的這位軍人位階顯然不同，肩膀上擁有三顆星徽章，一旁的同伴急忙說著。

「長官，沒必要把祕密講出來，這可是上層最高祕密。」

「沒關係，因爲我覺得眼前這女孩，就是我們實驗要找的對象之一，其餘沒用的最後只會研究失敗死去而已。」

蒂娜對於兩人的談話無法理解。

「實驗？抓年輕的孩子們……你們到底……在執行什麼？」

「妳不需要知道，跟我們走吧，不然會死的喔。」

樓下的孝英找入口時頭不經意的往上看，剛好看到自家窗邊靠著窗戶的蒂娜。

蒂娜這時把刀子擺在自己肚子旁站側姿，準備想往前衝刺的動作。

「我不會跟你們走的，哥哥生活已經很辛苦了……你們還把家裡弄成這樣，哥哥對不起……蒂娜我沒能好好保護好家裡和自己……可能要先走一步了，好好生活，蒂娜會一直陪著你……」

「喂！沒用的，不要抵抗了！跟我們走否則會死的，小姑娘。」

窗外這時傳來孝英超大聲的叫喊。

「蒂娜直接跳下來，哥哥在這，直接跳下來。」

蒂娜這時反射動作不知道自己哪裡來的力量，奮力用身體撞破了落地窗，往外跳了出去，有軍階軍人這時往蒂娜開槍，但沒有射中，彷彿故意不射中一樣。

樓下的孝英奮力抱著跳下來的蒂娜兩人跌倒在地。

「蒂娜，我來了，竟然受了這麼嚴重的傷，哥哥現在就帶妳離開這鬼地方。」

孝英扶起蒂娜，牽好自行車要蒂娜坐在後座。

「抓好我，我們走。」

雖然孝英漫無目的，能去哪就去哪，努力踏著自行車帶著自己唯一的妹妹，能跑多遠則多遠，蒂娜掉下眼淚，左手努力抓著哥哥的衣服不放。

「爲什麼回來……不是叫你別回來了嗎？笨蛋……」

「說什麼傻話，妳是我唯一的妹妹，我一定要回來救妳，不管發生什麼事情，我先找地方幫妳包紮，撐著點。」

兄妹倆離開騎沒五公里，在街道上被其他裝甲車輛發現，就像是被通知這女的必須抓的意思一樣，特徵和離開方式馬上被通報，兩台裝甲車隨後追了上來開始開槍，射中了自行車的後車輪，整個骨架彎曲兩人跌倒了，車裡下來數十位軍人，往孝英走過來。

孝英扶起妹妹快步往後移動，孝英左後腳跟被射中一槍疼痛的倒地。

「哥哥……」

「蒂娜快走，快跑起來……快走。」

兩人開始被包圍起來，孝英奮力想站起來，卻被妹妹壓著肩膀，妹妹先站了起來，大字型張開雙手站在哥哥前方。

「夠了！你們不准傷害我哥哥。」

「蒂娜妳在說什麼，快走啊，聽話。」

一位軍人往蒂娜小腿連續開了兩槍，蒂娜直接倒地。

「蒂娜！」

其他軍人把孝英扶起來後開始瘋狂輪流毆打，孝英完全無反抗之力。

「真是感人的兄妹情誼啊，看了我好感動，不過了這位小哥，你聽清楚了，沒力量就是說你現在這樣誰都保護不了，這就是現實。」

隨後蒂娜被這位神祕的軍人公主抱了起來。

「放開我，你這變態……不要碰我……」

這時受傷疼痛的蒂娜已經連說話的力氣都快沒有了。

「蒂娜……可惡你們這些傢伙。」

蒂娜被抱上了車子，孝英被痛打的渾身是傷，完全站不起來，看著眼前被帶走的妹妹，深感到自己的無能和這世界的無情，原地絕望的吶喊著。

「連我唯一的依靠，都要從我身邊帶走嗎？我恨這個世界，蒂……娜。」

One year later「一年之後」

孝英從遊民「難民」收容所走了出來，兩眼無神的走在人煙稀少的大街上。

「蒂娜……妳在哪裡？」

一年前妹妹被帶走的痛苦，烙印在孝英心裡，沒能力的自己現在更是一無所有，儘管當時腳傷已經治療好了，可是內心的傷痛卻永遠治療不好，認爲妹妹已經死了，世界上已經剩下自己，沒有親人了，自己隨時可以死亡，已經沒有生存的意義。

搖搖晃晃走在路上，引起周圍五位遊民的注意，想這小夥子看起來像傻子，隨時可以搶身上僅存的錢財之類的開始靠近孝英。

無論是叫喊他還是推他，孝英一樣是毫無反應，兩眼無神跟死人差不多，被其他遊民推進陰暗的巷子內了。

「這傢伙是白癡吧，眞是幸運，找找身上有什麼值錢的東西吧。」

當這些遊民從孝英身上上下打理時，在這巷內屋頂上有位女孩正在看著他們，這位女孩自言自語的說著。

「掃描目標內六位『平民』、階級『無』、危險性『零』，開始臉部辨識，『非重要目標』處

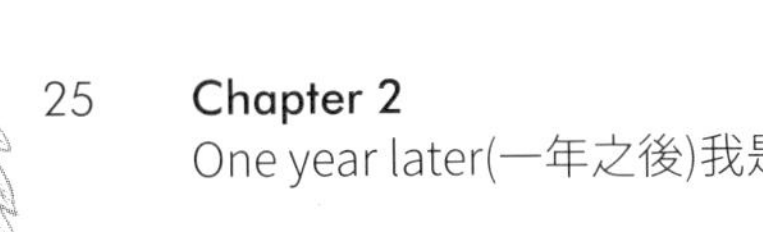

理方式『無需捕獲』。」

當這位女孩掃描到的孝英面孔時卻停住了，身體卻開始短暫發抖。

「臉部辨識身分『孝英』、『平民』，無登記固定住所，處理方式『無需捕獲』。」

但是這個執行命令，卻有了奇妙的變化。

「處理……方式『無需捕獲』……『重要目標！徹底保護』。」這兩者命令卻開始抗衡的這位女孩的內心。

「怎麼回事？……這痛苦的感覺……『採取直接命令』……」

這位女孩眼球內開始給予她的執行命令是「徹底保護」，卻不是其他兩者選項，於是直接跳了下去，右手直接像機械一樣展開形成大型砲管，對著下方的遊民。

「執行命令『徹底保護』。」

孝英四周被藍色的半圓形屏障包了起來，四周遊民正抬頭往上看，一道強光從天而下，除了孝英以外，其他人包含街道瞬間蒸發掉，夷爲平地，破壞的威力也驚動四周的軍人注意。

孝英才慢慢抬起頭看著眼前的女孩，孝英原本兩眼無神的瞳孔像瞬間得到救贖一樣，開始恢復正常，滴下了眼淚。

「蒂……蒂娜。」

眼前的少女身穿精美的軍服，非常美麗的外表和身材，有著鮮紅頭髮，瞳孔左右卻是不同的兩種顏色，左邊是綠色右邊是紅色，右手像是高科技般的精密火砲，火砲上還有鋼爪般的設備，這位女孩面無表情，看著眼前的遊民，右手大型武器漸漸收縮變回正常人的手臂。

「蒂娜，妳還活著……蒂娜。」

「我不是蒂娜，我代號爲Y型號『3』。」

「騙人，妳是我妹妹蒂娜，我以爲妳死了，妳連聲音都一模一樣，雖然髮色有點不同，但那個瞳孔……是一樣的。」孝英講的很確定。

女孩左眼瞳孔跟當時的蒂娜是一樣綠色的，但是右眼卻是紅色的機械眼，會變化瞳孔大小伸縮般的掃描物體。

「Y型號？那是什麼？妳是我親妹妹啊！」

「這問題屬於最高機密，待上層命令下達才能回答，至於你說的蒂娜……」

這位自稱Y型號「3」的女孩開始自行搜尋資料庫默念著：

「『蒂娜』身分平民、危險性『零』、現居位子『失蹤』、時間376天前。」

說著說著，左眼慢慢流了少許眼淚出來，講話變慢……之後雙手抱著頭，表情非常痛苦的蹲在地上。

「『蒂娜』，這是什麼……我好痛苦……這是誰？」

孝英被眼前的畫面嚇到了，這位Y型號「3」女孩右半邊的手臂竟然是機械，扶起來依靠在自己身上，喊著「喂～妳振作點，蒂娜。」

CHAPTER 3

Y計畫以及黑市

這時不遠處眾多軍人往孝英這邊跑過來。

「爆炸是什麼回事？快過去看看。」

「這不是Y系列攻擊的爆炸威力嗎？」

「聽說總部有派了Y系列來這地區視察。」

集體軍人的畫面浮現在孝英的痛苦回憶裡。

「又是你們……又是你們想帶走我妹妹嗎？絕對不會讓你們如意。」

孝英直接把看似像蒂娜的Y型號「3」背了起來，直接往其他廢墟建築物逃離，這段路程中，Y型號「3」只是痛苦的雙手抱著頭，閉上眼不發一語。

所在區域屬於舊城區也是所謂的無法地帶，眾多非法交易買賣在這廣大的舊城區偷偷進行，孝英來到了一處停車場，擺脫了追逐的政府軍人，並把Y3放下來坐在地上。

「妳還好嗎？很痛苦嗎？蒂娜。」

Y3慢慢睜開了眼睛，看著眼前的孝英，左眼慢慢落下了淚水。

「系統辨識身分……孝英……平民……孝……」

孝英看到蒂娜正在努力回想，便從口袋拿出一張和妹妹的合照給她看，照片裡的蒂娜是多麼快樂得笑著，孝英是多麼體貼溫柔的面孔。

「蒂娜，妳看這就是妳，不是什麼Y3，妳肯定就是我妹妹啊！」

Y3看著眼前的照片，腦海裡浮現一年裡被研究改造的殘酷畫面，包含眾多被抓來的孩子們，也受到一樣的待遇。

「這女孩失血過多，快不行了吧？右臂也嚴重受損，從這邊切掉開始神經連結。」

「你們是誰，放開我……我要回到我哥哥那裡。」

「看樣子這女的還有意識，可以做腦部進階計畫了，先消除記憶吧。」

「到底在說什麼……你們要做什麼……」

這意識之中，蒂娜好像躺在一個病床上，手腳都被捆綁起來並連結了各種線路，試著跟周圍的人對話，但都沒有人理會，插在頭上的針頭開始注入了不名的藥劑。

「快住手……我要回去……哥哥那裡。」意識逐漸模糊起來

「哥哥……是……誰？」

以上畫面類似回憶錄般，不斷在Y3腦海裡播放，突然Y3右手變化成巨型大砲，舉起指著前方，

但是前方並沒有任何東西，孝英看到急忙用雙手壓住舉起來的大砲。

「蒂娜快住手，前面沒有人，妳在做什麼？」

蒂娜的面孔露出緊張害怕的神情，像是不好的回憶畫面引起的反射自保現象。

「是他們……是他們……把我變成這個樣子的……不可原諒……必須消滅。」

孝英把蒂娜臉擺過來看著自己，安撫的說：

「沒事了。妹妹……妳回來了哥哥就在這，沒事了。」

蒂娜的眼神這時才慢慢恢復正常，左眼持續掉淚，看著孝英哭了出來。

「哥哥……是你嗎？」

「對！是我，我親愛的妹妹，妳怎麼變成這樣？告訴我發生什麼事情了。」

蒂娜看著自己的身體，右手的大砲慢慢恢復成原來的手臂，持續哭著。

孝英也坐了下來抱緊蒂娜。

「對不起，妹妹，我太無能沒有保護妳，害妳被帶走變成這個樣子。」

「哥哥……我知道凡提亞人造星球正在計畫著恐怖的事情……那些孩子……」

「蒂娜……慢慢說，告訴我……看到了什麼？知道什麼訊息？」

蒂娜的腦海突然傳來遠端上層命令，要蒂娜回覆目前正在做什麼事以及任務完程度。

「哥哥……等一等，我有些程序要處理，你先退到一邊去，不要到我身邊，也不要說話。」

蒂娜站起來，往前走了一段距離，突然腳周圍發出藍色的光線圈，把蒂娜圍了起來，蒂娜右眼投射出視訊畫面，畫面中是一個穿著軍服的蒙面男子，肩膀上四顆星號，顯然是政府的高層人物，他開始跟蒂娜對話。

「Y系列編號3，任務執行完畢了嗎？有沒有發現年輕百姓？無論男女全都拘捕到總部來。」

「回覆命令，本機Y3拒絕命令，且永不聽命。」

「Y3，妳這是什麼意思？座標定位妳在黑市區域做什麼？速回本部。」

「回覆問題？本機無須聽從你的命令，且不會再傷害平民。因此拒絕永續命令。」

Y3腦後有發光的藍色小電源裝置，看似是接收訊號用，這時變成了紅色。

「Y3，妳為什麼違抗命令？妳違抗Y系列準則，會被消滅掉喔！給妳最後機會，現在就回本部重新將系統除錯。」

蒂娜這時嘆了口氣：「唉……我為什麼要故意模仿機器人來跟你說話……其實想想也不用這麼偽裝。」

「妳在說什麼Y3？」

蒂娜右手再次變成大砲，對準畫面中的政府高層，表情非常憤怒的說著：

「這就是我的答覆，你們這些僞政府機構，Y計畫不會執行了，你們怎麼對待我們百姓？怎麼對付我家人……還有被你們抓走的那些孩子們……」

「不好，Y3，我現在命令妳原地關機，等待我們回收，記錄目前所在座標處。」

「沒用的，我已經關閉自我定位系統，你們無法找到我的，什麼命令不命令的，我不是機器，我是人類。」

Y3往眼前畫面射出一砲，隨即把視訊關掉了，回頭看著傻眼的哥哥，終於微笑的說著：

「對不起……哥哥剛剛一定嚇到你了，還有就是……我回來了。」

孝英激動的跑向前抱住蒂娜，激動的哭了出來：

「歡迎回來……我多麼多麼期盼這一天……終於……終於實現了。」

「哥哥你抱太緊了。」

於是兩人離開了此處，來到了叫做「黑市」的非法地帶，凡提亞星球主要劃分成多個區域，政府安置高級區域以及失去秩序管控的破舊區域，「黑市」是破舊區域之一的統稱。

這個黑市對於孝英來說，完全不陌生，只是變化很多，因爲這裡就是他們兄妹一開始居住的區域，是他們原本的家園。

兩人在黑市街上走著，四處都是常見毒品或是廢棄物的買賣，隨處可見沒飯吃的百姓在挖垃圾

桶，就是沒看到什麼年輕男子女子，蒂娜這樣的美女走在黑市街上，也稱是極品。

「蒂娜告訴我，身體怎麼會變成這樣，妳是機器人嗎？」

蒂娜表情難過的說著政府在祕密進行的人類兵器改造計畫，這個計畫叫做「Y」，利用年輕孩子肉體連結高科技系統，改造成半人半機器的作戰用Y兵器。

「Y兵器？那蒂娜妳說的Y3是？」

「那就是說我……人造兵器Y系列編號３。」

「編號３？Y系列是指？」

「所謂Y系列是被成功研究、改造完成的孩子們，依照強弱所給的編號，我目前系統資料庫裡，Y系列為９位，編號數字越低者功能越強，強度以數字區分。」

蒂娜說著說著，又哭了出來，激動的蹲了下來，孝英安撫著蒂娜慢慢說就好。

「蒂娜冷靜，我知道妳一定看到很多不好的畫面，但是妳是目前最知道政府事情的人了。」

「我剛說政府改造成功的共有９位，表示失敗的……失敗的死了很多人，非常多人……都死了，製造Y系列是為了控制整個凡提亞……」

這時孝英前方傳來人們的尖叫聲。

「快逃啊，又有怪物出來殺人了，這是第幾次了？」

一群人四處逃難，有一位身體大半是機器裸露的小男孩，身體洞口發出激光往處處掃射，無分敵我。

「蒂娜，那怪物是什麼？該不會是妳剛說的Y系列？」

蒂娜馬上掃描眼前這位小男孩的身分，露出了驚訝的神情。

「目標身分：不詳、所屬：無、來源：Y計畫失敗品、編號682、危險等級：一般。」

「編號682……這孩子是第682位研究失敗品……竟然已經超過600位了。」

蒂娜自言自語著……表情驚訝又難過。

「蒂娜……所以他不是Y系列嗎？」

「不是……是失敗品，也就是已經死了，不然就是像這樣殘破不堪、被故意丟到無法地帶，藉由失控品消滅反抗的百姓。」

這四處掃射的男孩邊哭邊小聲說著：

「殺了我……殺了我……我控制不了自己，我已經殺了父母殺了家人朋友，誰來阻止我。」

由於聲音過小以至於沒人聽到他的哀求，但這些話全被蒂娜聽在耳裡。

「哥哥躲遠一點，這孩子雖然失控，但還有意識。我要阻止他，這是他的心願。」

「蒂娜危險，妳沒看到他胡亂掃射的激光嗎？危險。」

蒂娜給了孝英一個微笑說著：

「放心吧，哥哥，你很幸運的，因為……妳妹妹一點也不弱。」

孝英腦海裡浮現剛剛妹妹說過的話：

「Y系列為9位，編號數字越低者功能越強，強度以數字區分。」

「這樣的話……蒂娜……強度是……」

蒂娜背後散發出4個開口，跑出了4個漂浮在蒂娜身邊的小型飛行器，這4個飛行器展開像是花朵的形狀，對著眼前失控的男孩，男孩看著蒂娜。

「快動手……大姐姐，我無法控制自己……我無法……」

男孩的激光射向蒂娜，蒂娜的飛行裝置馬上回擊，擋下了所有的攻擊。

「小朋友，還有多少人被關在裡面？」

「我不知道……大姐姐，快殺了我，我突然就被丟在這、無法控制自己無差別殺人。」

孝英在遠處看著。

「蒂娜竟然聽得到他講話，他有說話嗎？根本沒什麼聲音。」

蒂娜持續和男孩對話著。

「小朋友，我能馬上阻止你，但我卻無法拯救你……等於我會殺死你。」

「沒關係，大姐姐快動手……快動手，我家人都已經死了，我活著也沒用了。」

「我明白了，對不起……請原諒我。」

「沒關係……大姐姐不要內疚……我不像妳們成功品，我不想被操作。」

蒂娜身邊的4個花朵狀機關開始散發強烈白光，隨後往男孩方向射去，男孩當場被消滅成了廢鐵，這之中，蒂娜聽到男孩最後的聲音，自己也落下了眼淚。

「大姐姐……謝謝妳。」

另一邊的政府高層，正透過遠端空中小型監視器，看著Y3的所有行動，一整群政府高層看著大螢幕傳來蒂娜消滅失敗品的現場畫面。

「看來失敗品完全無法傷害到Y系列分毫阿。」

「沒想到，Y系列竟然會存在感情這種東西。」

「完全還沒發揮實力的Y系列，就已經達到這種程度了。」

「各位怎麼處理？看樣子Y3失控，無法回收了，只能消滅掉了。」

突然在場的高層發出驚訝的聲響，發現蒂娜正憤怒看著螢幕，正視著高層所有人，並用右手變換成的大砲對著他們。

「我知道你們這群人正看著我，想消滅我就試試看。」

隨後蒂娜發射手中的大砲，螢幕也在這時斷了訊號，所有高層都看傻了眼。

「沒想到，連這都在她的預料之內，太可怕了Y系列。」

「派出Y系列去消滅吧。」

「可是萬一派出去的跟3號一樣，恢復人性怎麼辦？」

「不會，有一位機率可說是零的Y系列可以前往，他全身上下幾乎是高科技的機械呢！」

眾人對話結束，高層決定打開政府機構外面的軍事基地內部一個人形機關箱子，這時候從裡面慢慢走出了一位女孩，擁有藍色的短髮和紅色的瞳孔，穿著跟蒂娜一樣軍事服，外表嬌小可愛的女孩，離開了軍事機構，往無法地帶走去。

這女孩腦中傳來政府高層命令：「執行優先命令，摧毀Y系列3號，並回收遺骸。」

女孩腦中回應著：「本機Y系列編號6，收到，前往執行。」

來自戲劇性的相遇

在場的所有居民，看到蒂娜這機器人的破壞力都懼怕不已，孝英花了好一段時間跟大家解釋一切的原由，大部分失去兒女的家屬都露出羨慕的表情，還能找回自己妹妹是有多困難的事情。

當然不少居民請求蒂娜幫忙找回被軍方抓走的兒女，看到蒂娜這種破壞力，認爲有機會跟軍方抗衡，但是蒂娜卻一直道歉再道歉，說自己當時也是無能爲力，屬於被控制的傀儡。

有一位老奶奶邀請這對兄妹到家裡來吃飯坐坐，對於孝英和蒂娜而言，目前也沒有住所於是虛心接受。

「老奶奶，妳都是一個人住嗎？有沒有其他人呢？」

3人在只有一層的獨棟別墅客廳裡，蒂娜關心的問著。

這位老奶奶外表看起來約七十多歲，面容非常慈祥，微笑的回應：

「我名叫做『詹蕊』，跟兒子、媳婦和一位可愛的小孫女一起住。」

這時詹蕊奶奶流下了眼淚繼續說：

「但是我兒子和媳婦在一年前都被軍方射殺了……孫女也被帶走了。」

老奶奶指著牆上的孫女照片，孝英看了覺得很眼熟，好像在哪見過但又想不起來。

蒂娜站了起來溫柔的問：

「老奶奶，廚房可以借我用用嗎？我煮菜還是有點自信的，吃頓飯讓自己冷靜一點吧。」

「眞是不好意思，年紀大了，還讓你們這些客人做飯。」

孝英拍了拍奶奶的背部，安慰的說：

「別放棄希望，也許妳孫女還活著，就像我妹妹一樣。」

孝英走到廚房看著正在做飯的妹妹，外表完全看不出來是個機器人，彷彿什麼都沒發生，便好奇問道：

「那個蒂娜……妳還能吃東西嗎？」

「當然可以呀，哥哥很餓了？等等該不會連我的份也一起吃掉吧？」

蒂娜回頭看著孝英疑惑的面孔回答著。

「我以爲，妳變成機器人了。」

「但我還是人類，身體機能約有62%是機器，其餘還是肉體。」

孝英突然從背後抱著妹妹哭了起來。

「等等……哥……你怎麼了？」

「太好了……妹妹還活著……眞是奇蹟。」

蒂娜用雙手握住孝英的手閉上眼溫柔的說：

「嗯，我回來了。」

隔天早上天才正要亮，蒂娜就起床，快速叫醒哥哥和詹蕊奶奶說：

「哥哥照顧好老奶奶，你們快點出去，跑越遠越好。」

孝英還沒搞清楚狀況就被蒂娜拉出門，被要求背著老奶奶離開此地，蒂娜表情非常凝重。

「蒂娜怎麼回事，這麼突然是要做什麼？」

孝英話才剛講完，眼前一輛大卡車從天上迎面飛來，蒂娜瞬間跑至孝英面前跳了起來，用右腳迴旋踢輕鬆地把大卡車踢飛，造成很大的聲響。

「什……什麼？」

「哥哥，沒時間跟你解釋了，有敵人來了，數量不少。」

四周傳出各種尖叫恐慌聲，百姓四處逃竄，後面出現幾個大型機器人，看似是無人駕駛的遠端操控機，擁有兩隻巨大的爪子，身體多處裝有小型機槍砲管，正打量著眼前逃命的百姓，被選中的

人會被爪子當場抓住，並關在背上的大型貨倉裡，不在目標內的就被當場射殺。

孝英背著老奶奶跑了起來，蒂娜瞬間消失在孝英眼前，速度非常快，馬上就出現在其中一台無人機器面前。

「蒂娜，妳要小心啊！」

蒂娜嘆了口氣，便用右手一拳貫穿機甲兵的胸部，拔出了一堆電線後，它便沉默不動了。下一秒又出現在另一個機甲兵面前，一腳踢下去，機甲兵瞬間飛了數里遠。

「目標識別：『軍用』機甲兵、階級：無、單位：軍事機構、危險性：一般。」

蒂娜這時用力跳躍，飛得很高，飄浮在高空上四處張望，背後竄出4個追蹤砲，開始對不同方向掃射光束，擊落了不少高空中的遠端監視器。下面的機甲兵，頓時失去目標、方向，開始原地發呆。隨後，蒂娜從空中用4個光束砲射擊地面的機甲兵，當場將它們摧毀成廢鐵。

突然間，有個高速移動的物體往蒂娜靠近，蒂娜開始搜尋目標時，下方突然跳上一位小女孩揮著右拳，直接把蒂娜打回地面，發出強力的撞擊聲響。

這位小女孩也馬上跳回地面，來到倒地的蒂娜面前。

「目標識別：Y型號『3』、階級：國家機密、單位：兵器、危險程度：極高。」

「發現目標Y3，立即摧毀並回收遺骸。」

蒂娜眼前的小女孩自言自語地用手指著她，蒂娜也馬上調查這女孩的資料。

「目標識別：Y型號『6』、階級：國家機密、單位：兵器、危險程度：極高。」

Y6的小女孩再度揮拳，蒂娜馬上站起來以右手接住Y6的拳頭，兩人僵持著。

「快住手，Y型號『6』，我們沒有必要打起來。」

Y6跳起來一個飛踢，蒂娜用雙手阻檔，仍被踢飛一段距離。移動迅速的Y6不到5秒又出現在蒂娜面前，準備再度揮拳。蒂娜認眞了，將右手變形爲更巨大的機械手，直接比Y6快一步把她打飛出去，並瞬間抓住Y6的腳，往天上飛去，再用力將她摔向地面。

整個社區像地震般不停晃動，當兩人打到某處的街道時，Y6突然停手不動，小聲的自言自語。

蒂娜疑惑的看著她。

「這個地方……這個街道……」

蒂娜沒有理會Y6在說什麼，便開始準備下一次攻擊，右手再次變化成大型火砲指著Y6。

「不行，不能破壞這裡。」Y6大喊著。

隨後跪在地上、雙手交叉抱著胸口發抖。

眼前的景象讓蒂娜感到納悶，便也停止攻擊。

「識別號Y『6』。」

蒂娜開始趁這時間搜尋關於Y6的資料。

「年齡：14、本名：玲奈、居住區……『黑市』。」

這時詹蕊奶奶從Y6後面走來，並要孝英不要跟過來。

奶奶拍了拍Y6的肩膀，Y6抬起頭，慢慢地回頭看。

「玲奈呀！眞不敢相信妳回來了，忘了奶奶嗎？」

詹蕊奶奶給了Y6一個慈祥的笑容，Y6雙眼掉下了眼淚。

「奶奶……」

Y6這時又激動地站了起來，衣服破裂，雙手變成龐大堅硬的機械手，露出痛苦的表情哭鬧著。

「啊……不……不行，這命令不能執行……我不想殺人。」

蒂娜意識到Y6正受到遠端命令的操控，開始掃描Y6身上的命令接收器位置，還在尋找時，一位老人跑了過來，用一把小刀刺進了Y6的脖子右後方說：「就是這裡。」

隨即Y6停止了痛苦、冷靜了下來，雙手也漸漸恢復爲正常女孩的稚嫩小手。

蒂娜對於眼前的老伯充滿疑問，他怎麼會知道Y系列的命令接收位置？況且每個人的位置都不同。

「身分識別：泰達博士……」

「這裡是……哪裡？」Y6漸漸恢復意識，馬上被詹蕊奶奶抱在懷裡。

「玲奈，歡迎回來，我的乖孫女。」

「奶奶，我……對不起。」

蒂娜用大砲指著眼前的老伯說：

「泰達博士，你怎麼會出現在這裡？根據你的回答，我可能會殺了你。」

「都進來說吧。」詹蕊奶奶打開了家門說著。

「我竟然沒想到軍方會派Y型號『6』過來這種地方。」

泰達博士嘆了口氣繼續說著。

「我是從軍方那逃離的叛徒，本應該被處死，但我覺得我應該要贖罪，我害太多無辜的孩子死去，從我發現自己做的事是多麼嚴重的錯誤時，我已經研發完成Y型號「6」，就是眼前這位小妹妹。」

孝英站了起來大罵：

「什麼？Y型號是你製造的？」

「部分是，但也只有Y6，其餘都不是同個研究者。」

Y6此時看著泰達博士。

「我對你沒有印象。」

「那是當然，記憶被消除了，你們只能聽命於政府，但現在已經出現兩次記憶恢復的案例了，就是你Y6和Y3。」

孝英看著Y6想了起來，原來Y6就是一年前，在他的工作地方被抓走的藍髮小妹妹，難怪如此眼熟。

「你們做了這麼可惡的事情，打算怎麼負責啊？」

孝英激動的抓起泰達博士，狠狠瞪著他。

「哥先冷靜一點，這位博士很可能有珍貴的情報。」

「所以這位小哥不好意思，讓你妹妹變成這樣，我必須贖罪，請你們摧毀Y計畫吧。」

「摧毀Y計畫？那是你們引起的，我們百姓如何摧毀？又要讓我妹妹去送死嗎？」

孝英實在無法原諒眼前這位Y計畫研究開發者之一——「泰達博士」

「明天來我離這有點距離的祕密研究室吧，我打算幫你添加一點裝備。」

「添加裝備？打算連我也要研究嗎？」

「不是，我會幫你製作一些護身用的強力手套、鞋子、衣服等，讓你們有能力跟軍事政府抗衡。」

「什麼?你說的是真的嗎?」

「明早就出發,不然你現在的樣子,不是只有讓你妹妹保護的份嗎?」

玲奈坐在蒂娜旁邊,對蒂娜說:

「大姊姊,對不起……剛剛打了你……還會痛嗎?」

目前在蒂娜眼中的玲奈「Y6」,是一位普通的小妹妹,如此可愛溫柔。

「不會喲,姊姊很開心妳能醒過來。」

蒂娜抱緊玲奈,掉出眼淚笑著。

「真是可愛的小妹妹。」

詹蕊奶奶帶著玲奈去換了衣服後,手裡抱著一堆食材,微笑著跟大家說:

「今晚我來煮飯,對不起做了這麼恐怖的事情,玲奈給大家賠罪了。」

玲奈走到蒂娜面前,拿出一對耳環要送給蒂娜。

「妳可以當我姊姊嗎?這個送給妳,這是我最喜歡的小耳環。」

蒂娜微笑地接過手,幫自己和玲奈一人戴一邊耳環說:

「現在起我們就是姊妹哦!感謝妳回來,就跟我一樣。」

孝英看著眼前的玲奈,換了服裝展現小女孩的笑容時想到:

「不就是家裡老奶奶掛在牆上的照片嗎？」

「眞是的，這不是重現了嗎？」笑著說。

CHAPTER 5

玲奈的結局及恐怖的影像

隔天一早，蒂娜給了詹蕊奶奶和玲奈一個擁抱，告別此地。泰達博士開著車帶著孝英和蒂娜前往黑市邊郊的私人地下研究所，路途非常遙遠，約有半天的路程，到達目的地時，已經晚上了。

泰達博士的研究所位於地底下，地面是一棟不起眼的殘破建築，四周人煙稀少，孝英和蒂娜在這地底下看到完全不同的兩的世界，簡直是龐大的地下城市，建築物都非常先進，還有年輕的孩子和醫院。

泰達博士的研究所外觀非常巨大，半圓環型的白色建築物，一行人剛走到研究所入口。

「這裡是什麼地方？泰達博士，怎麼會有如此繁榮的地下城？」孝英驚訝地問。

因爲地表上的人們，日子過得非常痛苦，但在這地下生活的百姓，有說有笑的看似過得繁榮幸福，此時的蒂娜卻不發一語，表情難受痛苦的像在忍耐什麼事情一樣。

「先進來吧，到裡面說。」

泰達博士開了大門進入，又搭了電梯直通更下層，走入房內後，周圍都是孝英看不懂的高科技設備，還有一些研究人員忙著工作。

「Y3，妳先到那裡躺著吧。」

泰達博士指了旁邊的床鋪，蒂娜躺了下來，並說：「麻煩你了，博士。」

泰達博士隨後在蒂娜頭上接了一些線路，開始掃描，看到這畫面，孝英急了起來。

「你要對我妹妹做什麼？快住手。」

蒂娜左手握住孝英的手說：

「沒事的。哥哥，博士正在幫我。」

「什麼意思？」

附近的圓形小機器人，看似是打掃清潔的，自動端了2杯咖啡給孝英和泰達博士。

博士接過咖啡，喝了幾口便說：

「這個地方是反抗軍的總部，所有反抗Y計畫的人們都在這地底下，企圖對抗Y政府的邪惡計畫。」

泰達博士用眼前的電腦打開了蒂娜腦內的程式結構，用手指給孝英看，繼續說著：

「這是Y3，也就是你妹妹的程式碼及命令式，內容都是消滅反抗軍、活捉關鍵人物和年輕孩子。」

「妳妹妹現在表情痛苦是因爲她腦內的潛在命令正要她摧毀這裡，她一直在用自己的意志抗命，實在了不起。」

孝英手上的咖啡落到地上，請求博士：

「泰達博士幫幫我妹妹，她非常的善良，不會做這種事情的，拜託你。」

「你放心吧，我已經慢慢刪除Y3這些潛在的命令程序，她以後就不會再痛苦了，可以依照自己的意識行動，完美地脫離控制。今天路途遙遠，你們也應該累了，先休息吧。」

時間回到當天下午，玲奈正在跟奶奶喝著下午茶。

「奶奶好喝嗎？這是蒂娜姊姊教我煮的奶茶。」

「好喝好喝，不過玲奈你喝的出味道嗎？」

「可以的啦，奶奶我味覺還很正常，雖然我只有腦部是肉體其他都是機械。」

「眞是可憐，我心愛的小孫女竟然被改成這樣。」

「我沒事的，我能永遠保護奶奶。」

兩人抱在一起度過久違的溫馨時光，奶奶隨後昏睡了過去，被玲奈扛到地下室的房間安置。

「奶奶對不起，下了點安眠藥，好好在這休息，我這就去處理眼前的危險。」

玲奈彷彿早就感應到外面有什麼危險正在靠近，所以先保護唯一剩下的親人，自己離開了住家。她以飛快的速度遠離住家後，停在路中看著天空，發現一大台顯然是運兵用的軍用貨運機，便開始掃描眼前的龐然大物。

「目標識別：軍用運輸機、搜尋內部：軍用機器遠端控制型15台、危險性：一般。」

玲奈看著上空的運輸機，雙手開始變化成機械手臂，瞳孔眼神也變得非常銳利。

「啟動戰鬥型態，機能限制裝置開啟至40%。」

機能限制裝置啟動至40%的玲奈，除了有一拳即可打爛一台新型坦克裝甲的威力，且有高速戰鬥的能力，並能在一眨眼之間出拳6下左右的強大傷害力。

如果機能限制裝置到達60%，雙腳任意一踢，就能讓地面裂開、炸出直徑50公尺寬的大洞。

玲奈掃描運輸機內部，發現一個不對勁的電子物體，像通了高壓電，大小和一般人差不多。

「那是什麼？無法細部確認目標，已確認是敵人先行破壞。」

玲奈用力一跳，飛往運輸機底部。

「不要在我家鄉撒野，可惡的Y政府。」

連人帶拳的飛快一擊，直接貫穿了整台運輸機、產生了爆破。隨後從上方敏捷地以拳攻擊機頂背部，運輸機下墜撞擊地面，發生了大爆炸，玲奈趕緊跳離開來。

「這樣就解決了吧？」

再次掃描被摧毀的軍用機，發現一位銀髮的年輕男子從裡面慢慢走出，身穿休閒長毛衣、藍色牛仔褲、銀色頭髮，完全安然無恙，沒有被這爆炸所傷害，還嘻皮笑臉地看著玲奈。

「哈囉！初次見面Y6小姐，我想問一下妳爲什麼會抗命？」

男子張開雙手困惑地問著玲奈莫名其妙的問題。

「你是誰？軍方的人嗎？我才不是什麼Y6，我叫『玲奈』。」

「玲奈？那是妳原來的名字嗎？奇怪了？妳怎麼會有記憶？這樣不行喔。」

玲奈準備進行攻擊，擺起衝鋒的姿勢。

「等等嘛，我們是同類，不要這樣打起來好嗎？」

「同類？你到底在說什麼？我不認識你。」

男子抓了一下後腦，大笑了說：

「啊，不好意思，我身體充滿了電流影響到妳掃描我身分，我關起來了。」

玲奈馬上識別眼前的怪傢伙。

「目標識別：Y型態編號『4』、所屬：國家機密、危險程度：極高。」

「Y4……怎麼會派這種恐怖的怪物過來。」

「對對，我是編號4，那個Y3在哪裡？妳摧毀她了嗎？」

「不准妳叫姊姊Y3，你不配。」

玲奈飛快的往Y4衝了過去，一拳打飛Y4的右手，再用腳把Y4踢回運輸機的火海裡。

Y4很快又從火海裡走了出來，身邊被摧毀的無人機器殘骸、整台運輸機體都慢慢浮起，開始往Y4身體聚集連接，像是被吸收一樣，斷裂的手也被修復回來，雙手和身體變得無比巨大，雙臂變成巨無霸機械。Y4手握著拳，奸笑地看著玲奈：

「Y6，我給妳個機會跟我回本部，妳必須被解剖研究爲什麼會殘存情感這種東西。」

「休想！」

「這樣啊，那我只好摧毀妳，再把妳帶回去總部，到時就會知道答案了。」

「戰鬥型態，機能限制裝置開啟至100%。」

玲奈的雙手雙腳都變化爲更進階的機械義肢，背後伸出可以飛行的推進器裝置，瞳孔從原本的紅色，變成了金黃色。

Y4看著全能解放的玲奈顯得更爲興奮。

「太棒了，這實在太美麗了Y6，還好妳反抗了，不然乖乖聽話多無趣。」

玲奈瞬間從Y4眼前消失，下一秒，Y4直接被亂拳攻擊不斷往後退。

「這威力，眞不可思議啊，我身體現在可是連核彈都炸不壞的解放狀態喔。」

玲奈沒有理會Y4，持續攻擊，Y4也開始用2個巨大雙臂回擊，畫面充滿爆破，一堆電流交錯，地面也不斷產生裂痕。

這時玲奈一個側踢攻擊，Y4的腹部直接破裂，使玲奈整個右腳掌踢進了Y4的肚子。

「嘿嘿，就等妳這一刻。」

Y4整個身體放出驚人的高壓電，玲奈的右腳掌到小腿部漸漸被Y4吸收。

玲奈立刻自斷右小腿，並用左腳踩地、跳了開來。

「這……這是……磁力吸收所有鐵系的材質。」

「系統檢測：自身損傷度28%、右腳被摧毀，機體能源存量：68%。」

「警告：機體能源存量：67%，持續減少中。」

「怎麼會……」

Y4衝了過來，一拳打飛玲奈。

玲奈飛了一段距離倒地，並笑著說：「現在才發現嗎？看樣子Y6妳根本是殘次品，我正在吸收妳的能源，只要是鐵、超合金或鋼，都能被我吸收成爲再生的能源。」

玲奈站起來看著眼前的Y4，絲毫沒有任何懼怕。

「看樣子不能再拖了，在這樣下去能源會耗光的，必須盡快打倒他。」

玲奈再度用背後的飛行裝置向Y4衝去，亂拳攻擊Y4的頭部。但Y4完全不在意，兩人再度交火、出拳攻擊對方，他們的體型差距非常大，看似大象跟小螞蟻一般。

玲奈的攻速越來越慢，也發現Y4的磁力和高壓電影響了自己的機能。

Y4一把抓住了玲奈，握緊這幼小身軀。

玲奈的身體被巨大的手這麼一握，開始出現裂痕。

「噁啊！……」

「哈哈哈，新情報呢！帶有情感的Y型態竟然也有痛覺。」Y4說完便將玲奈丟飛出去。

玲奈倒在地上，身體機械線路外漏，產生了「磁…磁…」的電路聲。

「警告，機體能源存量：42%。」

「不能猶豫，一定要打倒他，否則奶奶……姊姊……哥哥他們……」

玲奈單腳站立起來，雙手手掌生出兩根砲管對著Y4，將剩下的左腳踩入地面，固定身體。

「用上機體能源存量：40%，使用毀滅性武器。」

玲奈用盡身上最後能源，對Y4發射了巨大射線體，射中Y4後產生巨大爆炸，四處的樹木房屋直接被炸爛，數里遠都能看到這巨大的爆炸火光。

二十分鐘後煙霧慢慢散去。

「警告，機體能源存量：2%將無法開機。」

玲奈抬頭看著天，雙手被剛剛的威力炸爛，身體已經殘破不堪。

「姊姊……奶奶……還有哥哥……對不起，玲奈沒能打倒他。」

此時，Y4的胸被玲奈的攻擊開了一個大洞，趕緊抱住玲奈，吸收她來修復自己，玲奈的身體漸漸被Y4吸入，Y4露出非常滿意的奸笑。

「太美好了，太好吃了！Y6，我會跟總部說妳的英勇事蹟的，乖乖跟我合體吧。」

「做夢……」

「啟動緊急自爆程式。」玲奈默念著。

「哈哈哈，妳想都別想，我知道妳要自爆，這時候只要這樣……」

玲奈看著天空飄浮著，飛了一段距離，身體好像沒了知覺，慢慢閉上了雙眼。

時間已經是晚上十點多，在反抗軍地下城的孝英，正穿著泰達博士幫他設計的科技手套和靴子。高性能衣服摸起來跟一般衣物沒兩樣，但卻有刀槍不入的防禦能力。靴子能夠讓自己如時速一百公里的汽車般高速移動。手套可以輕鬆舉起五百公斤的重物，還能破壞一般的坦克裝甲。

孝英正在練習場測試這些裝備。

「太棒了，博士！有這些就能對抗政府了。」

「還早呢，這些只是基本防身訓練用，你們還是要小心爲上。」

蒂娜這時呼叫泰達博士和孝英過來另一間研究室看畫面，有個訊號企圖聯絡泰達博士，打開後發現是玲奈頭部系統外接的視訊，不敢相信畫面呈現在蒂娜的眼前。

「喂~有人在嗎？這IP訊號源好像很遠呢？不過我看不到你們，你們可以看到我。」

畫面中的Y型號「4」手裡提著玲奈的頭顱看著螢幕，殘酷的景象讓所有人都震驚了。

「哈囉，我是Y型號『4』，Y6已經被我解決了，總部下令要帶回Y6和Y3的遺骸。」

「所以接收到我訊號的你們應該是反抗軍吧？Y3在哪裡？告訴我。」

蒂娜被眼前的影像嚇到，不敢相信自己剛認識的妹妹已經被殺害的事實，跪倒在地上大哭。

孝英此時也握緊拳頭，看著眼前的畫面說著：

「可惡的Y系列，我一定要阻止你們！」

CHAPTER 6 反抗軍將領及現實面

「我知道你們反抗軍都正在看著我，大可現在就打過來，不用躲躲藏藏的，與其恐懼度日，我可以給你們永遠的安息不是更好？」

「現在的我吸收了Y6，威力大幅提升，真想找對象試試，你們反抗軍就是最好的實驗材料。」

泰達博士電腦大螢幕裡的Y4表情是如此自信、如此險惡，看起來根本不存在人性，泰達卻沒有開啟回話的打算。

「博士我們殺過去吧？」

孝英握緊拳頭，看著Y4的手上提著剛認識的妹妹可愛的頭顱，激憤難耐，泰達博士此時關閉了視訊，深深嘆了口氣，拍了拍孝英肩膀說著。

「別太天眞了，小子，那是陷阱。如果我們回應他，他就能準確抓到我們的位置，而且你根本還不成氣候。」

孝英看著悲傷的蒂娜更爲憤怒，恨不得自己馬上迎戰。可恨的Y4！

突然，實驗室走進一群約五十人的整齊隊伍，人人身上都穿著和孝英是一樣的裝備。

有位金髮綁著馬尾中分髮型，耳朵帶著一個單耳麥克風，外表看起來約20出頭，和孝英差不多大的年輕少女，站在這群人最前面，每個人手上都有槍械和一把軍刀，博士走到這位少女面前微笑的說著。

「妳來了啊？今天倒是挺快的嘛！」

「是的，聽說你有新人需要訓練，我正好要帶部隊去訓練場開始今天的實戰。」

這位少女有著美麗的綠色瞳孔，身高約167公分，在身高178公分的孝英眼裡，不過就是很一般的女性。

「那麼這小鬼頭就交給妳訓練了，只有妳我才比較放心啊『克萊絲』。那麼孝英，你不能無禮喔。」

「怎麼回事？博士，這群人是誰？還有這女孩？」

孝英絲毫無法理解他們到底要做什麼？不就是跟自己一樣的反抗軍嗎？博士看著他一頭霧水的樣子又嘆了口氣說著。

「孝英啊，憑你現在這樣只是去送死，不用說對上Y系列了，一般軍用無人機都能殺死你，記住，你不是機器，命只有一條，還有這位女孩名字叫『克萊絲』。」

「克萊絲？」

「對，她是我們反抗軍的三將領之一，實力非常強悍，也有絕對的戰鬥經驗，她身邊這些人都是嚴格訓練出來的精英，她看不上的新人很快會被淘汰，連上戰場的資格都沒有。」

「開什麼玩笑？博士，就這女孩？」

這時克萊絲快步走向孝英，蒂娜卻反射動作站了起來擋在克萊絲前面，孝英看著蒂娜的反應感到奇怪。

「蒂娜怎麼了？她只不過是人類呀。」

「不是的……哥哥，這女的很危險。」

突然泰達博士笑了出來，便拍了拍克萊絲的肩膀說著。

「看起來，連Y型號的看到妳都能感覺到危險啊，蒂娜不用緊張沒事的，告訴妳哥，掃描到什麼資料？」

「目標識別：克萊絲『無登入國民名單』、無任何相關資料，至於危險性……」

「哥哥，這女孩很危險，沒有任何資料，我系統判斷出來，危險性：極高。」

「什麼？危險性極高？她可是人類。」

克萊絲直接快速閃過蒂娜，右手抓住孝英的領子後說著，表情相當憤怒。

「小鬼，如此看不起我的人，你還是第一位！想死嗎？眞正無知的是你自己。」

克萊絲輕鬆的把孝英摔了出去，蒂娜也快速移動把飛出去的孝英抱住，但蒂娜卻沒有跌倒。

「看來這小鬼的妹妹眞的是Y型號的樣子，聽好了小鬼，無知會讓你喪命。」

「戰鬥就是伴隨著覺悟和死亡，不是你頭腦想的那樣簡單，連殺意都沒有感覺出來，看來你生活過得相當安逸嘛？我要是敵人，你人頭早就在我腳邊了。」

「妳說什麼……可惡。」

孝英非常不滿的想向前理論，卻被蒂娜擋了下來。

「哥哥慢著，她說的都是眞的……剛剛她的確沒有露出殺意。」

克萊絲指著孝英和蒂娜繼續說著。

「不是人人都跟你們一樣能活到現在，姊妹還能團圓？還是Y型態？這麼美好的情節？」

「這只是你剛好運氣好而已，小鬼，再不變強，等待你的只有死亡。」

泰達博士這時拿了一把跟克萊絲他們配戴一樣的軍刀給了孝英。

「去跟克萊絲訓練吧，你還太菜了，這樣下去，只會拖累你妹妹和大家而已。」

「走吧，小鬼，你排最後面，不過博士……這傢伙如果撐不住死了我可不管。」

「不會的，克萊絲，我找妳來訓練他是因爲妳已經是三位將領裡面……最溫柔的了。」

孝英隨後跟著部隊離開，蒂娜卻沒有跟上，和哥哥簡單道別後，繼續留在博士的實驗室。

「怎麼啦？不跟妳哥哥一起去看著他訓練嗎？」

「不了……這是爲了哥哥好，我去了可能會影響訓練。」

「爲什麼這麼說呢？有你在身邊，孝英不是會更開心？」

這時候蒂娜低下了頭說著。

「都不是……是怕我控制不了自己……看著哥哥被欺負的模樣，我怕我會……殺光現場所有人。」

「Y3，想不到妳竟然如此溫柔，有這麼好的妹妹陪伴眞讓人羨慕。」

孝英在移動的路途上，看著身邊百姓露出尊敬的面孔，心想，在這巨大的地下城生活的人人，都很仰慕反抗軍。看來，這女孩眞的是反抗軍的重要幹部呢。

克萊絲帶部隊來到了訓練場，這區域位於地下城居民居住的角落，場地範圍很廣，裡頭只有大小顆不等的岩石和峭壁，看起來都是人工製造的場景。

「小鬼，開始訓練，讓我看看你剛剛的氣勢有多厲害？拿起博士給妳的刀攻擊我，全力砍死我試試。」

所有人都退到了一旁，場地中間只有孝英和克萊絲，孝英則激動的喊著。

「別開玩笑了，這可是眞刀啊，而且我們還穿著裝備，這威力已經很恐怖了，一般人類一下就

會被砍成兩半。」

克萊絲指著孝英手上的刀。

「小鬼，那就是你的武器，手柄旁邊有個按鈕按下去，刀身能充滿磁性電流，可以輕易砍斷鋼鐵。」

孝英按了下去，手上軍刀的刀身出現藍色的電氣流，在刀身來回穿梭。

「來，往我砍過來，全力，讓我看看你的覺悟。」

「死了別恨我，看招！」

孝英往克萊絲跑了過去並揮砍著刀，克萊絲右手直接接住孝英的刀，在孝英眼中，克萊絲的手與其說是接住，倒不如是用手指頭捏住了刀身。

克萊絲馬上一個側踢，擊中孝英的腹部，孝英直接跪了下來，雙手抱著肚子哀嚎。

「噁阿……疼死我了。」

克萊絲把孝英抓起來又揍了一拳喊著。

「爲什麼放開你的刀了？刀爲什麼掉在地上？戰場上刀就是你自己，沒人可以保護你，掉了或斷了就代表卽將死去，爲什麼要憐憫敵人？」

克萊絲又繼續揍了幾拳，畫面上看似嚴格與暴力，卻沒人出面阻止。

「小鬼，你以爲我不知道嗎？你在揮刀那一瞬間關掉了刀的電流，以爲我沒發現嗎？戰場上不要憐憫敵人，猶豫、心軟都會害死你。」

「聽好了，在戰場上要有殺意，要保護自己就要有殺掉敵人的覺悟，你在猶豫下刀的時候，敵人就會利用你猶豫的時間反殺你，懂嗎？」

「太……太厲害了，妳竟然看出來了，我剛剛如果沒關掉電流，妳會被砍死的。」

「笑話，這電流只能增加切斷鋼鐵的威力，對於我們穿著的高科技衣服，性質上，根本毫無用處，只要有了經驗與技術，就能保護自己，不然……我要怎麼訓練你們？爲死去的反抗軍們報仇？」

這時在孝英眼中冷酷的克萊絲，眼神散發著悲傷，像經歷過痛苦回憶一樣，想大哭一場的感覺，隨後的三天，孝英都跟著克萊絲的嚴格體能訓練及抗打訓練，和其他男女弟兄一起格鬥訓練，顯然孝英是最弱的，常常被打的倒地、渾身痠痛、肌肉也拉傷好幾處。

孝英漸漸明白自己的無知、不知天高地厚、自以爲是的自信。訓練後才才知道，自己連人類都打不過，還輪的到對付機器？開始不發牢騷的努力鍛鍊自己，這段時間，都居住在訓練場旁的簡易軍用房舍。

某天晚上訓練完，孝英洗完澡，裸著上半身坐在訓練場看向周圍。突然一位穿著有些清涼的女

孩走到孝英旁邊。

「這幾天辛苦你了，孝英。」

孝英一看，這不是克萊絲嗎？看起來像剛洗完澡出來透透氣，穿著休閒服的克萊絲表情與其他正常少女一樣，完全跟訓練時判若兩人，而且身材非常好，跟妹妹蒂娜有得一拚。

「不會吧，這真的是妳嗎？簡直不同人。」

「很奇怪嗎？」

「痾……不會，奇怪，妳這次怎麼沒叫我小鬼頭了？」

克萊絲溫柔地看著孝英，露出了一點笑容。這表情也是孝英第一次看到。

「訓練辛苦了，你很努力我看得出來，背上不是一堆受傷的痕跡嗎？」

孝英臉紅了起來。

「怎麼回事？這女孩，竟然這麼美麗動人……」

「唉喲，你竟然會臉紅？不是有可愛的妹妹嗎？真是好色。」

「才不是勒，只是克萊絲……妳真的很漂亮。」

克萊絲手摸了摸孝英的頭，溫柔的說著。

「這是晚上的我，叫我本名可以，訓練時記得叫我『教官』。」

此時的孝英發現，訓練教官是這種美女時，肯定加倍努力訓練自己。

孝英正以爲妹妹安全待在地下城裡時，隔天一早卻接到了博士的電話。

「孝英啊，你就繼續訓練變強吧。」

「怎麼了，泰達博士？」

「雖然妳妹妹要求我千萬不能告訴你，但她已經在昨晚前往地面了。」

「爲什麼？蒂娜要去哪裡？」

「別緊張，應該不會有事的。」

博士講話非常保守，繼續說著。

「妳妹妹說要去地面帶回玲奈『Y6』，所以……打算迎戰Y4去了。」

「什麼？你怎麼沒有阻止她。」

孝英急忙想趕回地面卻被克萊絲阻止。

「你不用去，去了也是送死，說難聽點是給你妹妹拖後腿而已。」

「可是教官……對方可是殺了玲奈『Y6』的兇手Y4啊！我能不擔心嗎？」

克萊絲拍了拍孝英胸口。

「可以的，你妹妹一定有所準備，別忘了你現在擔心妹妹同時代表著看不起她。」

「怎麼說？她可是一人去迎戰。」

「因爲妳妹妹不是傻瓜，怎麼說她都是Y型號『3』呀！」

CHAPTER 7 女武神型態

「腦海裡隱隱約約感受到，當時被抓走改造的實驗室，身邊模糊的景象，耳裡傳來的慘叫與吶喊、各種哀嚎求救的聲音，但我幫不上任何忙，當時的我也是受害者，並沒有能力去救別人。」

「自身資料庫裡發現一個極爲噁心且殘忍的Y計畫研究，其中幾名研究者竟然企圖把自己的腦和被改造的青年孩子交換，藉此換一副新身體？這眞是噁心透頂。」

「看了泰達博士螢幕中顯示的敵人，在我尚未清醒前的模糊記憶中，好像曾經見過，每位Y型號兵器都由不同團隊製作研發，然而卻找不到Y型號『4』開發者的資料，連同Y4的存在也被抹消了，交叉比對各種訊息後……Y型號『4』可能就是研發團隊的博士本人。」

蒂娜腦海裡持續思索著以上畫面，已離開地下城一大段距離的蒂娜，正用驚人的速度往Y4的所在地移動，蒂娜感覺到一個荒地上有強烈電流的電波量。到達地點時，上空飛來數顆大小不等的巨石，4個追蹤砲再度跑出蒂娜背後，開始掃射眼前的障礙，短短數秒，巨大石塊全被蒂娜擊成粉塵。

「唉呀呀，眞可怕的破壞力，不愧是Y3，話說妳外表……眞是太可愛了。」

Y4出現在蒂娜眼前約兩百公尺處，一臉微笑地看著蒂娜，手裡仍拿著玲奈的頭顱。

「這種迎接方式眞是無趣，還有……放開你的髒手。」

「蛤？妳說什麼？這個Y6頭顱是要帶回總部的，我原本打算吸收掉的，但是要給個交代……」

Y4話還沒說完，就被蒂娜一腳踢飛，玲奈的頭顱也被蒂娜搶回，並用一個屏障保護浮在上空。

「不准碰我妹妹……我要殺了你，噁心的傢伙。」

Y4飛快地跑了過來，快速對著蒂娜揮拳，但是完全打不中蒂娜，全被蒂娜的保護屏障擋了下來。

「眞是犯規，我現在每下拳頭威力可正是Y6的能力，竟然完全打不到妳。」

「你根本不是人，你抹消了Y4這個人類的資料……你就是開發Y4的博士本人對吧？」

Y4停止攻擊開始大笑。

「哈哈哈，眞是太棒了Y3！妳是怎麼發現的？當我完成Y4時，想到無敵的身體不是更適合我自己？」

「那就是你腦部細胞明顯和身體不同，已經手術換過了……想不到這麼噁心殘忍，現在這個根本不是你原本的身體。」

Y4身邊發出強烈帶有磁性的電流，控制了四周廢鐵等雜物，對著蒂娜猛攻。

「太厲害了，Y3，妳果然很有被我吸收的價值，別擔心，一起被我吸收掉吧，這樣妳們姊妹就能團聚了。」

蒂娜高速閃躲著眼前的攻擊，並用屏障的保護能力強化自己的左手，右手則變成高科技火砲集氣對著Y4。

「給我消失，政府的走狗，我順便替你這身體的主人報仇。」

火砲在蒂娜高速移動中突然發射，打中了Y4的右肩，造成右手臂和肩膀部位直接蒸發。

「眞是恐怖的傷害，不過可惜沒有用的。」

四周的鐵器往Y4聚集，被Y4吸收進去，開始修復損壞的地方，不一會又恢復成完好的樣子。

Y4手上強烈的電流形成兩把電流刀刃，往蒂娜身上揮砍攻擊，蒂娜被砍中皮膚開始破裂，衣服也開始損壞。

「這電流竟穿過了屏障……」

「果然妳的防禦能力是阻擋物理攻擊，電流就無法了吧？」

Y4手上的電流刀刃越變越大，持續對著蒂娜揮砍。蒂娜身上的損傷也越來越多。

Y4突然在揮砍的過程中順便揮拳，打中了蒂娜的腹部，威力之大使蒂娜整個人飛了出去後倒地。

「嗯……」

「Y4竟然在電流刀攻擊時，在電流穿過屏障那瞬間改成揮拳，拳頭一樣附帶電流，就穿過了物理防禦……」

「如何？Y3，妳的防禦已經沒有用了吧？乖乖聽話跟我回去總部重新改造。」

Y4抓準蒂娜倒地的時間點持續攻擊，然而蒂娜持續閃躲偶爾被Y4打中幾下，地面出現了打鬥的裂痕，可見Y系列兵器打鬥的威力很驚人。

蒂娜深吸了一口氣，看著Y4，一腳把他踢開。

「你想都別想，我要帶著玲奈回去。」

「說這種話，妳能撐到什麼時候？妳的身體能源可是一直在減少，而我卻有無限的能源，只要不是被完全消滅都能想辦法修復自己。」

蒂娜這時笑了出來，Y4第一次看到蒂娜笑。

「有什麼好笑的？」

「多謝你這麼自殺的情報，如果你能在我這招下存活的話……」

「別說大話了，妳的能力我大概全部知道了，妳不可能打敗我的，乖乖聽話吧。」

「系統解放，裝置能源全開。」

蒂娜的身體開始有了驚人的變化，背部長出了4道天使般的翅膀，右手的火砲變更進階，衣服也變成全新潔白的戰衣，雙瞳孔化成紅色，髮色也改變成美麗的純白色，彷彿天使般漂浮在半空中。

「機體幻化完成，行動代號：『女武神』啟動，可以使用終極毀滅兵器。」

Y4完全被蒂娜的變化驚豔到，從沒見過全能力展開的Y3，看了之後更爲興奮。

「眞是太棒了，太棒了！比起Y6更是美麗，我想要得到妳，我絕對要吸收掉妳，Y3。」

話一說完，Y4本能防禦式的跳開蒂娜隨機發射的砲火，造成大爆炸，被攻擊處直接蒸發，炸裂成一個大洞。

「怎麼了？你竟然會知道要躲開？」

蒂娜面無表情的看的Y4說著。蒂娜身體散發著不知名的氣流圍繞著自身。

「這威力太過強勢了吧，Y3？那我也要認真起來了。」

Y4全身爆發出電流，包圍著自己，手上的電流量也爆增了。

Y4直接打出了強烈的電流電擊蒂娜，不過完全看不到有任何效果。蒂娜從高處俯視著地面，背後的翅膀發出強烈的白光，右手集結大量能源對著地面的一切，大戰彷彿要開打似的。

「已經結束了，Y4。」

「妳在說什麼，Y3？好戲才正要開始不是嗎？」

「啟動裝置能源。」蒂娜整個人發出黃色的光輝。

「系統警告：使用毀滅武器將使能源耗盡。」

「無所謂！……啟動。」蒂娜吶喊著。

Y4看著蒂娜手中的砲火，感覺不太妙，下意識想逃跑。

「能源集結完成，可以使用一次毀滅武器。」

「Y4沒用的，現在知道什麼是恐懼的感覺了？你做了太多不可饒恕的罪過，就此付出代價吧。」

「別自以爲是啦，喝啊！」

Y4把身上的電流全打出去，強大的電流化作一條龍，對上空的蒂娜攻擊。

「我已經說過了，沒用的，Y4。」

這時，蒂娜手中的終極火砲終於發射，火力強大得難以用言語來形容。

「發射最強的兵器之力，『諾瓦』。」

Y4的電流一瞬間被強力火砲打散了，整個火砲打在地面上，造成前所未見的爆炸威力。

「啊……這感覺……就是死亡嗎？疼痛是什麼感覺……我已經記不得了……」

Y4在爆炸的高溫烈焰中慢慢蒸發了，手腳與身體破碎成粉末、完全被摧毀掉。整片地面巨烈晃動，連遙遠的地下城都感覺得到「諾瓦」的威力。蒂娜下方地面成了一個超級大凹洞，伴隨著高溫氣體，持續冒出大量煙霧。

「一切都結束了……」

這場打鬥耗時三小時，蒂娜身上出現了多處戰損的痕跡。蒂娜漸漸變回原來的樣貌，慢慢降落至附近的空地上。

蒂娜捧著玲奈的頭顱，看著手中的玲奈流下了淚水。

「對不起，玲奈……對不起。」

「身爲姊姊的我卻沒能保護妳，害妳變成了這樣。」

「我們……明明才剛認識……才剛成爲姊妹。」

「我卻不能爲妳做什麼……連保護妳都沒做到……對不起。」

蒂娜悲傷的心很想傳達給玲奈，多麼希望玲奈能聽到她的聲音，多麼希望玲奈還活著。

「警告系統能源：剩餘3%將會關閉。」

此時出現多架無人軍用機械兵往她靠近，蒂娜看了一下數量。

「我已經快撐不住了，玲奈。」

「不過別擔心，姊姊會一直在妳身邊的……不會離開妳的。」

「警告：系統能源不足2%。」

「哥哥，我可能回不去了……你要照顧好自己啊。」

「妹妹我無法凱旋回去了……可能會被政府帶回去……到時候哥哥，請務必殺死重新被改造過的我……」

蒂娜抬起頭，耳邊傳來熟悉的聲音。

「蒂娜、蒂娜，你們這些雜碎別想碰我妹妹。」

孝英衝了過來，飛快地用手上的電系軍刀揮砍靠近蒂娜的無人機，身後一群反抗軍弟兄也衝來幫忙。

四周的政府軍用機器人迅速地被反抗軍壓制，其中多數被趕來的「克萊絲」所擊毀。

「眞是受不了你這小鬼，硬要來這裡。」

「說這什麼話『教官』，我要救我妹妹。」

「眞是重度的妹控啊～你。」

大量反抗軍抵達大爆炸現場，不過蒂娜已經躺了下來。

孝英抱起蒂娜，看著她手上也抱著玲奈的頭顱。

「哥哥……」

「蒂娜！振作點，我馬上帶妳回地下城。」

「把玲奈帶回去……把……」

蒂娜閉上了雙眼，「能源耗盡Y型號『3』關機。」

「蒂娜！」

克萊絲立馬指揮現場，帶蒂娜和玲奈回去地下城。

「動作快點，千萬不能讓她們死了。」

反抗軍在危急之時趕到，即時避免了最慘痛的損失。回去的路途上反抗軍弟兄的激動情緒是可預見的，人類竟然可以反抗政府的Y計畫。

遠端的政府高層看完這場對戰後，討論著收集到的資訊，並啟動下一次的侵略。凡提亞現階段已經不是當初說的，爲保護人民而研究開發Y計畫，而是爲了以霸權控制整個凡提亞所採取的機密計畫。

在黑市，孝英所屬反抗軍遙遠的另一處，屬於其他反抗軍的人類建國後，正受到一個神祕女子帶領的軍隊攻擊。

孝英所在的國家叫做「聖頂」，政府發了一道命令給正在攻擊他國的女子。

「妳可以回來了，Y型號『4』已經被摧毀，計畫有變先回總部。」

在遠處接收命令，殺戮無數的神祕女子回應：

「反抗軍竟然有如此實力？收到，Y型號『2』就此先返回『聖頂』。」

CHAPTER 8
夜幕

這次大戰是人類首次擊潰政府的Y計畫人造兵器，對反抗軍來說，是多麼了不起的大事，雖然是由蒂娜之手完成，但也算是反抗軍的重大突破。

大家回到地下城時，克萊絲沒有跟著回去，待在地面入口附近埋伏，以防有敵人追蹤或發現地下城的所在位置，地表上都有各種植物或破爛建築偽裝，入口處也裝有干擾電波掃描等精密儀器。

蒂娜緊急在實驗室裡接受治療。泰達博士幫蒂娜左手臂注射點滴、葡萄糖等營養劑，並在頭部、左手、雙腳和胸前裝了各種線路充電與修復動作。

「博士，蒂娜怎麼樣了？快救救她。」

孝英比任何人都擔心蒂娜的安危，畢竟是唯一的妹妹，還做了危險的舉動。

「別太過緊張，小鬼頭，你妹妹沒事，只是沒能源。需要充電和靜養，畢竟她不是完全的改造人。」

泰達博士連忙檢查蒂娜的機能線路，做最好的調整和修復。

孝英則被其他弟兄叫去執行每日的體能訓練安排。

「放心去鍛煉好身體，你才能保護這個世界。」

在蒂娜休養的同時，博士來到了另一間大型機房，此房間到處都是工作人員和大量設備，以反抗軍來說，有這麼多材料和設備實在不合乎常理，泰達博士嘆了口氣說著：

「多虧將領們從地表帶回了大量的材料，才有現在的設備……開始吧。」

在博士眼前的是玲奈的頭顱，幾乎被接滿了線路，一堆電流刺激著鈴奈的腦部。

「還好腦部細胞沒有壞死，馬上執行連結，我一定會救起妳的……」

人工關節和皮膚開始組裝，長時間的修復開始了。

「是我害妳變成這樣的……當初親自動手改造妳的也是我……不過放心，等你完全復原，我會讓妳親手殺死我的……玲奈。」

在反抗軍另一邊，「聖頂」政府總部正在執行大量的人體實驗，許多受驗者家屬都是現場的工作人員，他們被政府控制了，只要反抗就會被當場射殺，完全無法救援，只能眼睜睜看著家人成爲政府的實驗材料。

「反抗軍到底在哪裡？」

「拜託快點來阻止這個沒人性的機構……」

「這才不是政府，這是巨大的黑暗組織，是惡魔。」

這些內心的吶喊何嘗不想馬上傳到反抗軍耳裡呢？

現場傳來不少槍聲和哭喊，政府連同研究人員的家屬也不放過，只要是年輕的孩子都被迫投入了實驗。有些沒有達到Y型號水準的實驗品，被歸屬於次品T型號。相反的某些留有自我意識的孩子卻反而慶幸起自己有了強大的力量。

人類唯一能和政府溝通的優惠就是不抵抗，成爲實驗品就可能讓你保留自我意識。

會議室裡，有八位政府高層幹部正在討論配套措施。

「已經少了Y3、Y4、Y6三台Y型號，這樣下去沒問題嗎？」

「沒什麼，配套已經在研究開發替代品。」

「替代品要多少有多少，我們材料多的是……爲了統治整個『凡提亞』。」

「掌握到那些反抗軍的下落了嗎？我派出去的T型號偵查隊都沒有回來，全被消滅了。」

「鎖定T型號訊號消失的位置，遲早消滅這些反抗分子。」

「這次的成果收集到了許多不錯的資料，爲了統治，這點犧牲不算什麼。」

政府軍早已準備好Y型號的備品，且已進入開發階段，在研究區域上層，有位沒穿著軍服的白髮男子看著現場，外表年齡約爲28歲，體格俊美、身穿著白襯衫配牛仔褲，面無表情、感覺不到任何情感，自言自語著。

「計畫得要加快了，好不容易控制住了那個女人，可不能有大意的時候。」

這位謎樣的男子所配帶的名牌在燈光中微微閃過了「Y-1」的字眼。

所謂的夜幕包含了沒有公開的現象，地表的某個鎮上，一個T型號的女性所帶領的小隊正遇上反抗軍的將領之一，名叫「雷特列」屬於反抗軍三將領之一，武器爲兩把會通電的流星錘，個性兩極，在地下基地裡表現很正常，在地表上又是另一個險惡的樣子。他有著一頭幾乎不整理的淩亂黑髮、一臉沒睡飽的神情，笑起來的外貌極爲陰險恐怖。

雷特列的隊伍輕鬆消滅眼前遇到的敵人，並打斷了T型態女性的雙手。

「等等，快住手……我也是被逼迫的。」

「是嗎？妳外表看起來不錯，這樣被拆了可惜，我先享受一下吧。」

雷特列與他帶領的弟兄，當場強姦了T型號女性，慘無人道的輪姦行爲就跟政府做的事情一樣，違背反抗軍意志。強姦後將她打爛，支解屍體帶回地下城，裝做什麼都沒發生、單純殺死敵人而已。

泰達博士常在檢查屍體時發現，只有雷特列帶回的女性屍體有被強姦的痕跡，心裡也有個底了。

地下城的諸多材料來自於反抗軍偷襲政府周邊行政單位裡面的設備，或擊殺一些T型號和無人機械，帶回的殘骸就成了地下城科技的物資來源。

雷特列天生好戰也好色，非常看不起女性能在前線擔當將領，所以心裡非常想讓同爲將領的克萊絲成爲自己的部下。

更久以前，雷特列多次追求克萊絲，都被無視、沒有得到回應，有一次便找克萊絲單挑。

「克萊絲，當我部下吧，做我的女人保證妳樂翻天。」

「你想多了，雷特列，我不會當你的下屬的。」

「哈哈哈，那如果我這場贏了，妳就馬上當我的女人吧。」

「那你如果輸了，請不要再打擾我？」

將領的對戰開始了，雷特列自信滿滿的說：

「需要我放水嗎？小美……」

開場不到3秒，克萊絲已經將刀身壓在雷特列的脖子上了，雷特列還沒反應過來，本次對決就宣告了克萊絲的勝利。

「你眞是傲慢，戰鬥中還眞多話，這種舉動會讓你死幾次都不夠。」

克萊絲的風格屬於戰鬥中從來不說話，眼神極爲尖銳有神、帶滿殺意，腦中的念頭就是：「解

決的人，不能憐憫、不能猶豫，更不能有無意義的對話讓敵人有任何機會殺死自己。」

輸掉對戰的雷特列非常不爽地離開現場，從此對克萊絲又愛又恨。

「可恨的女人克萊絲，我總有一天要上了妳，讓妳成爲我的東西，走著瞧。」

就算是雷特列，也不敢與克萊絲正面衝突，因爲知道克萊絲的行事風格，一直找不到機會下手，所有將領裡，唯獨他有自己稱王的念頭，所以反抗軍暗地裡也是有黑暗地帶。

最後第三位將領名叫「漢諾」，是將領裡最壯的肌肉大叔，武器是通電流的巨大斧頭，帶褐色鬍鬚和少量頭髮，五十多歲，行事風格外向、沒有心機，受很多百姓喜愛。

漢諾的職責重大，是守護地下城的三大出入口，任何可能危害到地下城百姓的，都會被當場斬殺，沒機會發現地下城的存在。在百姓眼裡，漢諾是最可靠的守門員。地下城生態爲三位將領各帶領五十到一百位下屬分頭做事，每位職責都不太相同。

經過了兩星期後，蒂娜睜開了雙眼。

「這裡是……我還活著？」

孝英立刻抱住妹妹，流下眼淚說著：

「太好了，蒂娜，妳可終於醒了。」

「哥哥……」

「可眞是急死我了，妳昏迷兩星期了。」

蒂娜此時自我診斷了狀況。

「機體能源剩餘：100%，各部分機能完整。」

「哥哥對不起，讓你擔心了……」

兄妹抱在一起，感動了現場其他的工作人員，因爲不是每個人都這麼幸運，可以找回家人。

「對了！玲奈，玲奈怎麼樣了？」

蒂娜激動地問著孝英，擔心著玲奈的下落。

「玲奈沒事，蒂娜妳應該可以感應到玲奈了吧。」

這句話從剛進門的泰達博士口中說出。

「什麼……」

蒂娜透視現場周圍，感應到玲奈的電波就在隔壁，飛快地下床跑了過去。

此時玲奈正坐在研究室的床上，跟工作人員談話，有說有笑的，看到進來的蒂娜後：

「姊姊……」

蒂娜抱住成功修復的玲奈，大哭了出來。

「太好了，妳活過來了妹妹……我的妹妹呀！」

「姊姊，我雖然也想大哭一場，可是卻無法掉下眼淚……奶奶她……」

當時反抗軍抵達玲奈住家，現場已經被Y政府夷爲平地，心愛的詹蕊奶奶也遭到殺害，這消息藉由博士傳到了玲奈耳裡。

「妹妹，耳環很搭配，妳非常美麗。」

「嗯，姊姊也是非常好看喔。」

姊妹兩人難過地抱在一起，姊妹兩人各將當時玲奈送給蒂娜的耳飾配戴一邊，作爲姊妹的證明。

這時泰達博士突然跪在玲奈面前。

「玲奈可以動手了，幫你自己和家人報仇吧，都是我害妳變成這樣的。」

博士無法撫平內心的罪惡感，大喊著。

「來吧！馬上動手斬殺我這個罪人，雖然微不足道，但讓我贖罪吧。」

玲奈走下床，扶起了泰達博士，給了博士溫柔的微笑：

「我不恨你。」

「爲什麼？我可是……我可是罪大惡極啊！」

「雖然你做的事情極爲可惡，但……」

「但是什麼？快殺了我，爲妳自己報仇啊！玲奈。」

玲奈雙手開始發抖，繼續說著：

「因爲你能拯救更多人。謝天謝地……博士你能醒過來、回頭幫助大家。用你的下輩子幫助我們、幫助大家……對抗這個世界……好嗎？」

泰達博士哭倒在玲奈面前，玲奈是多麼溫柔的小女孩，竟選擇原諒他的過錯。幾乎沒有人會放過殺害自己和家人的兇手，小女孩沒有選擇仇恨，竟還以笑容面對……玲奈的內心一定痛苦難耐。

玲奈的回歸給了反抗軍一個強心劑，有了兩位Y型號加上諸多反抗分子，以及三位將領的籌碼可以對抗這個世界。當晚地下城開了慶功宴，慶祝玲奈的復活和反抗軍的初步勝利，大家努力大吃大喝時，玲奈也能跟正常人一樣吃東西，體內機體可以將吃下的東西轉換爲糖分傳至大腦，唯一的遺憾是無法流淚、發洩想表達的情感。第一次的歡笑來自於各位的努力，人人都希望這歡樂能長久下去，宴會結束後，蒂娜帶著玲奈去地面上的某處看夜景，完全不怕被政府發現。

蒂娜望著天空，有著些許無奈的神情說著：

「我們眞的能成功嗎？我們還能保護的了什麼呢？」

玲奈也握著蒂娜的手說著：

「大家一起努力一定可以的，有了哥哥和姊姊以及現場的大家。」

兩人的內心感受一致。

「這就是家人嗎？所謂有歸屬的意義。」

兩人握著手散發出美麗的粉紅光芒，躲在一旁的孝英看在眼裡是多麼美的景色心裡想著。

「當然會成功啊，並且我一定要守護她們，一定要。」

另一方面在宴會時的將領雷特列眼裡。

「眞是太棒了，多了2位可以享用的年輕女人，還是Y型號的，太棒了。」

看樣子另一串的恐怖陰謀正要開始而已。

CHAPTER 9
黑暗的模擬戰

在反抗軍還沒有成立之前，我本應該是跟其他孩子們一樣過著安逸的生活，我是家裡獨生女，父母也是我唯一的依靠，從我長大懂事後，這世界的和平對我來說卻只有一下子。

當時街上來了一大群政府軍隊，強行射殺了大街小巷所有百姓無差別的殺戮，年輕的孩子都被強行抓走，那時候的我也是其中之一，父母全力把我從敵人手裡搶了回來，一直跑、一直跑，不斷的持續下去。

「媽媽，妳受傷了……不要緊嗎？」

我看見媽媽身上一堆被毒打的傷痕，身體早已經疲憊不堪……

「我的寶貝女兒，不要在意這些，快跑，能多遠就多遠，媽媽陪著妳。」

無助的我們……在慘無人道的街上奔跑著，遇到了未知的危險。

「媽媽，爸爸呢？」

「妳爸爸爲了救我們，擋在那群軍人前面要我們先跑……放心，爸爸他會沒事的。」

媽媽她……那時候明白爸爸早爲了讓我們能跑掉阻擋軍隊已經被射

殺死去了，還是爲了我說了謊話。

我們根本沒跑多遠就被追上了，那個神祕男子銀白色的頭髮、邪惡的面孔我都還記得，母親在我面前被他殘忍的殺害了，我卻幫不上任何忙……我哭喊著，手上也沒有可以反抗的武器……如此的無助。

那個怪物卻沒有馬上殺死我……對著我笑，一臉想玩弄雙眼早已失神的我，拼了命逃跑的我失衡摔進了一個廢墟大坑洞裡。

「媽媽！」

克萊絲被惡夢驚醒，坐在床上，雙手抱著自己的胸口發抖著。

「我到底第幾次做這個夢了……」

克萊絲的情緒潰堤，大哭了出來，馬上被一旁的蒂娜抱在懷裡安撫著。

「沒事的，克萊絲姊姊……妳很安全沒事的。」

「蒂娜……我……我發誓過不再落淚的……」

蒂娜雙手抱著克萊絲的頭，摸著頭頂安撫著。

「我們女孩子有時候不需要發這種毒誓，情緒也是要發洩的……沒事的……只是惡夢而已。」

在女子宿舍外訓練場的孝英，大半夜仍持續鍛練自己，因爲克萊絲的哭泣聲已經不是第一次了，他靠在她們窗外的牆邊不發一語想著：

「我一定要變得更強才行。」

玲奈修復後又過了兩個月。某天一早，反抗軍正要做一個淘汰測驗的模擬戰，由泰達博士開發的頭戴式頭具顯示虛擬實境，但這不是一般的虛擬實境，而是會連結測試者本人腦波，使之眼前浮現自己最害怕或是最在意的事情。

例如：害怕一隻熊，那眼前就會浮現一隻熊往你撲過來，或是自己內心害怕看到的殺戮畫面，測試中都會藉由腦波傳送至大螢幕，測試者要對抗、全力反擊內心的黑暗，無法突破自己的內心黑暗面，就會被淘汰，無法擔任反抗軍。

以上是博士對在場的克萊絲隊伍所做的說明，其實他只說了一半內容，知道真正測驗目的的，只有玲奈、蒂娜以及泰達博士本人。實際上，透過腦波顯現的黑暗面景象，都是由玲奈或蒂娜來當假想敵，測試者不會知道敵人是這兩位其中之一擔當。

「測試者如果害怕熊，那眼前浮現的畫面就會是隻熊，要去打倒牠，失敗就可能會被淘汰，這樣懂了嗎？各位反抗軍，全力攻擊吧。」

測試中被反抗軍當假想敵的玲奈和蒂娜，不會攻擊反抗軍，只是不能說話。Y系列的裝置機體能力從零至一百%是一種能力值，就像以前玲奈啟動自己機體裝置解放的意思一樣，當解放能力值越高，代表測試者能力就越強。

主要是測試反抗軍的攻擊力能讓Y型號的玲奈和蒂娜啟動到什麼程度，動員格啟動到何種百分比防禦力的意思，啟動程度低於5%就會受到淘汰。

在測試階段，反抗軍必須配戴連線至自己的腦波的頭具裝置。

一位又一位的測試者走入大型訓練場裡，玲奈和蒂娜輪流出場。

反抗軍不會知道眼前的內心怪物或人物實際上是誰，測試中不能拿下頭具，以免喪失資格。

這場虛擬實境測試從一大早就開始了，每個人測試時間都不一樣，有的人不到兩分鐘就出來了，有的可以到三十分鐘以上。博士電腦螢幕上會看到測試者的攻擊讓Y型號發揮多少威力，目前為止，有30多位是3至11%不等。

測試完的人拿下頭具後，都露出驚嚇過度或是持續哭泣的難堪樣貌。

「終於輪到我了。」

博士幫孝英帶上頭具後，拿一把刀給他說：

「武器拿好，祝你測驗順利，進去吧。」

其實博士拿給孝英的只是一把木刀，可是在孝英眼前卻是一把眞刀，視覺效果完全騙過所有測試者，隨著腦波開始連線，孝英走入龐大的測試場地。

眼前的畫面讓孝英無法接受、情緒激動：

「你這傢伙，怎麼會在這裡？你把大家怎麼了。」

孝英眼前的畫面是Y4，現場滿地反抗軍的屍體，Y4腳邊是蒂娜的屍體殘骸，不遠處是只剩半身的玲奈，每個人的死狀都非常悽慘。

「惡魔Y4，我要你償命！」

孝英奮力地往Y4衝去，直接將身上的反抗軍裝備能力值開到最大，猛力對Y4揮砍，但每一下攻擊都被Y4單手擋了下來。

孝英眼前的Y4其實是玲奈，但是玲奈不能說話。測驗顯現了人內心最害怕且最在意的事情，沒想到孝英最在意的是Y4殺死大家的殘忍畫面。

「小鬼，就是你能力不足，才害死你所有同伴。」

「你說什麼？我能力不足？」

眼前的Y4持續對孝英挑釁，這些畫面持續在博士電腦畫面中播放著，一旁的蒂娜也看在眼裡。

「原來哥哥他……一直很在意自己的能力不夠，才會跑出這些畫面來。」

「是啊，看來孝英很在意你跟Y4的戰鬥，沒能幫上忙使他一直放在心上。」

博士、蒂娜以及測試完的反抗軍們看著螢幕中的孝英討論著。

「Y4，為什麼不反擊？」

孝英持續攻擊，Y4就是沒有任何反擊他的動作，只是傻笑著看著他。

「因為你弱到不夠格我動手，懂嗎？」

「你說什麼，我要保護妹妹們，我要殺了你，是你殺了玲奈。」

孝英的攻擊越來越猛烈，但是眞正的畫面是孝英拿著木刀持續砍著玲奈。

「哥哥，為了我……正在全力想辦法幫我報仇。」

玲奈看到這麼奮力的孝英為了她想跟Y4決一死戰，當下內心情緒開心又難過。

突然孝英跳起來一個轉身側砍，被Y4單手握住刀身，Y4說著：

「你看，攻擊又被我擋住了，你什麼都辦不到，最後只會死而已。」

孝英左手飛快地從大腿處拔出一把眞正的通電鋼製匕首。

「一切都結束了，Y4。你就是太小看我的決心，大意在這時候。」

孝英快速地將匕首往Y4的脖子上刺去，被Y4左手擋住了前進的方向。

「喝啊！」

匕首刺進了Y4的左手掌，離脖子不到2公分的距離，忽然孝英的眼前畫面恢復正常，孝英一看，眼前竟然是玲奈正對著他微笑著，手中的匕首已經插進玲奈的左手掌，一旁拿下孝英頭具的是妹妹蒂娜。

「什……什麼？」

「測試很努力喔！孝英哥哥。」

「玲奈……怎麼是你……Y4呢？」

孝英看著左手上的匕首，馬上拔了出來丟在地上，雙手抱緊玲奈：

「怎麼會這樣……我到底在做什麼？玲奈妳沒事吧？」

「沒事喔！孝英哥哥謝謝你，這麼爲我著想……想幫我報仇。」

「難道剛剛的Y4是……」

「就是我……跟你戰鬥的也是我。」

「難怪剛剛Y4一直沒有攻擊我……這些畫面也太逼眞了吧……我的天……」

蒂娜扶著癱軟的哥哥回去會場，孝英才慢慢回過神問著博士。

「博士我測試如何？有通過嗎？」

「你很努力啊！小子，測試百分比有35%，目前爲止最高的分數。」

孝英這時才鬆一口氣。玲奈也讓博士修理剛剛受傷的手掌。

「博士想不到你說內心黑暗面竟會找玲奈來當假想敵。」

「不只是玲奈還有蒂娜，只是蒂娜堅決不當你的假想敵，所以輪到你的時候才麻煩玲奈。」

蒂娜拿起毛巾幫哥哥清理臉部，這些溫柔的動作在其他反抗軍眼裡就是美女在幫人服務，看了很不是滋味，希望自己也有位美麗的妹妹。

玲奈的手掌花了一小時修復，孝英被叫回宿舍休息，這下博士才鬆了一口氣：

「呼！還好……我當時畫面切的快。」

在場的反抗軍也覺得非常不可思議，只能認同。剛剛大家都對孝英說了謊，包含蒂娜也是。

「這樣隱瞞哥哥好嗎？博士。」

蒂娜對著博士說著。

「對他隱瞞成果目前爲止是好的，這樣才會繼續成長。」

蒂娜摸了摸玲奈的頭繼續說著：

「妹妹，想不到妳也聯手欺騙哥哥。」

「當時哥哥問成績的時候，我也不好說實話……因爲他當時確實……」

這時候博士插嘴了：

「是啊，孝英當時憤怒過頭，一心只想對付Y4，能力表現上都超乎了常人水準，讓Y型號防禦機制啟動到如此高的狀態，身爲人類還是第一次。」

泰達博士這時把電腦畫面切回當時顯示的玲奈迎戰啟動的能力值百分比。

「想不到哥哥這麼厲害。」

蒂娜對於成長如此之快的孝英深感欣慰。

雖然只有一瞬間，但也證明了恐怖的事實，玲奈顯示的迎戰百分比原本在30至35%左右，對於一個人類可以讓Y型號用全能力的35%來防禦已經很不可思議，孝英突然使用私自佩帶的匕首，這一瞬間百分比顯示在眾人螢幕畫面的是：

驚人的測試成果，Y型號裝置啟動能源百分比，斗大的數字一閃一閃的73%。

CHAPTER 10
克萊絲的暴走

在孝英回去休息時，即便是反抗軍將領，也必須接受模擬實戰測試，輪到克萊絲測試時，模擬對象爲蒂娜。

克萊絲手持木劍一臉表情鎮定，當腦波連線啟動虛擬畫面，出現在眼前的是自己過往最黑暗面的時刻。

母親當時保護她被包圍，克萊絲彷彿忘了這是虛擬影像，殺紅了眼往四周軍人瘋狂砍殺，但只是砍到空氣的假影像，難過和氣憤完全反應在臉孔上，蒂娜很明白那種憤怒和難過的感受。

「就是你們這些人……就是你們殺死我的父母。」

「我絕對饒不了你們，奪走我的親人、讓我一無所有……成爲只爲了……」

「成爲只爲了報仇而活下去的傀儡而已。」

四周軍人影像消失後，母親死去的畫面依舊，站在母親旁、那位最讓克萊絲在意的神祕男子卻對她說：

「怎麼樣？過這麼久了，妳還是一樣沒有改變、沒有變強。」

謎樣般男子用手指著克萊絲嘲笑著：

「懦弱無能，過這麼久了還是一樣，當年放跑妳，真以爲我認爲妳死了？」

克萊絲看著眼前的大仇人，一頭銀白色髮絲有著藍色的瞳孔，穿著卻是很一般的膚色休閒夾克，和身邊的軍人穿著一樣，顯然只是一般百姓無異。

「當年我是故意放跑妳的，妳沒死我會不知道嗎？我只是要讓玩具能多玩一陣子而已。」

「喝啊！」

克萊絲對著男子不斷猛砍，使出了猛力的連擊招式。

「六段連斬！」

依靠著反抗軍裝備加上克萊絲的資質，兩秒內往前方揮舞六次的連擊動作，使手中的刀斷裂剩下握柄，實際畫面是克萊絲的木刀斷裂。

蒂娜看著眼前的克萊絲，不斷地喘氣著，心想：「可以了快停手吧，無論目前妳看到的是什麼敵人，這些痛苦我很明白的……克萊絲姊姊。」克萊絲的攻擊都砍在蒂娜的防護屏障前，基本上沒有碰到蒂娜一下。

「你到底是誰？爲什麼你不殺了我？殺了我父母，就連同我一起殺死啊……」

克萊絲丟掉手上只剩握柄的木劍，跪在地上流出了眼淚……

「我每一天……每一天都做著一樣惡夢……一樣的惡夢……出現的惡魔就是你。」

「現在我的刀已經斷了，如同我已經戰死了，來殺死我，讓我解脫。」

下一瞬間，克萊絲眼前的畫面恢復正常，眼前的惡魔也消失了，克萊絲的頭具被蒂娜拔了下來，發現自己在蒂娜懷裡。

「這裡是……」

克萊絲看著蒂娜也在流淚，但是只有左眼的瞳孔，被感同身受的蒂娜緊緊地抱著。

「別放棄希望……克萊絲姊姊，一切還有希望。」

「什麼希望？我明明……身邊什麼都不剩了。」

兩位女孩抱在一起哭泣，克萊絲測試影像也被記錄了下來，等克萊絲情緒平穩後，才給她看測試時的虛擬影像。泰達博士說明了克萊絲將領內心的想像畫面，敵人對話中也是因爲害怕和痛苦所呈現的假性對白。

「博士告訴我，畫面中那個惡魔是誰……殺害我父母兇手的人是誰？」

克萊絲看過影像後，激動問著博士，畫面中的男子到底是誰時，泰達博士不太願意告訴她：

「這個男子如你所說，確實是惡魔，但還是不要知道得比較好……」

「爲什麼？明明有機會知道兇手的眞面目。」

「這個敵人非常強大，依我們目前反抗軍的戰力都難以抗衡，是極度危險的存在」

「所以快告訴我。」

蒂娜這時候插嘴了：

「克萊絲姊姊，這個人是Y型號，極爲強大的目標。」

「那又如何？我們要打倒他不是嗎？」

「有非常高的難度，卽使是我對上，勝率系統計算只有28%。」

「怎麼會……只有28%？蒂娜你可是Y型號編號『3』……」

「不是的，這敵人性能和威力都比以往的Y型號還厲害，因爲他是Y型號編號『1』。」

現場所有反抗軍男女弟兄聽了都震驚了，克萊絲的敵人竟然是Y型號「1」，這可如何應對？

克萊絲沒有停止難過的眼淚，憤怒地用手搥了一旁的桌子幾下。

「卽使是28%也是一種機會，大家不要放棄！我一定要爲我父母復仇。」

當晚休息時，克萊絲私自準備個人作戰裝備，全副武裝，打算自己去討伐這個Y政府，大仇人已經確定身分，現在不出手等待何時？克萊絲眼神充滿了殺戮，趁深夜偷偷前往。

怪異的是，克萊絲順利來到了地面，卻沒看到門口看守人漢諾。

「奇怪，漢諾人呢？算了，這樣正好沒人阻礙我。」

克萊絲啟動裝備快速移動，來到地表上較近的Y政府外圍基地之一要塞。當她準備突擊時發現自己被跟蹤。

「什麼人？出來。」

人影在夜光下顯現。

「孝英？怎麼是你？」

「克萊絲不要去，現在還不是時候，去了會送死的。」

「連你也要阻擋我嗎？你什麼時候開始跟蹤我的？」

「從下午測試時，我就一直躲在某處觀察了。」

克萊絲驚訝道：

「你不是回去休息了嗎？」

「沒有……因爲我想知道讓妳每晚哭泣的人到底是誰？」

「什麼……」

「對不起，妳被惡夢驚醒、被蒂娜安慰時，我正好在窗邊……我一直在意著。」

「你回去吧，孝英……你阻止不了我的。」

孝英拔出了佩帶的刀，對著克萊絲。

「一起回去……克萊絲不要做傻事。」

「孝英不要逼我……我現在……我現在還沒冷靜到不會傷害到身旁的人。」

克萊絲的瞳孔再度流出了眼淚，同時拔出了佩刀。

「孝英……不要拿你生命開玩笑……你知道我拔刀的作風。」

「我知道，不會手軟、不會憐憫、不會猶豫。」

克萊絲往孝英衝去，開始揮刀。

「你怎麼那麼傻……這樣我就無法停手啦……」

兩人快速地對砍，揮刀的速度如同音速般互相穿梭。克萊絲的攻擊被孝英看出來完全沒有殺意，每一下攻擊都充滿著猶豫與不安，完全不是正常克萊絲的對戰風格。

「果然很猶豫，克來絲……妳很痛苦……一心想尋死……」

「這樣的妳不是去復仇的，而是想透過自殺性攻擊得到解脫。」

「我不能讓這樣的妳去送死，妳不是一個人不要孤獨的奮戰下去。」

孝英並沒有說出以上心裡話。

已在精神上自我放棄、求死的克萊絲，眼神中完全沒有任何希望可言，只想在戰鬥中死去。

克萊絲往孝英使出六段連擊……不過孝英也使出了一樣的技能，還多了兩連擊，把克萊絲手上的刀打掉。同時克萊絲手一甩，用小鐵鍊綁在右手腕的刀馬上回到手上，不過這一瞬間，孝英已經把克萊絲抱在懷裡。

「爲什麼……你會……我的技能……」

「我看了影像中妳使用的六連擊……自己在改良了一下。」

「只看了一次就會了？」

孝英從克萊絲要測試時，就沒有離開現場，只是假裝離開而已，想藉此知道克萊絲內心的敵人是誰，憑自己快速驚人的學習能力，影像中的招式竟然看過一次就記住了。

「孝英放開我，不要阻擋我……讓我去報仇。」

「不行，絕對不能讓妳去。」

「我明明什麼都沒剩了……也沒有家人了……」

孝英這時候大喊：

「妳忘了妳母親死前跟妳說什麼嗎？活下去，是活下去……克萊絲。」

「不是還有我嗎？還有蒂娜、還有玲奈、還有大家。」

「我們就是妳的家人啊！克萊絲。」

這時候的克萊絲臉孔微微的泛紅……

「媽媽她……對現在的我來說，家人什麼的……早就……」

孝英親吻了克萊絲的雙唇，克萊絲的思考彷彿跟著時間停止了。

過了好一會，孝英溫柔的看著克萊絲：

「還有我在妳身邊不是嗎？克萊絲。」

「孝英……你。」

「我們有著一樣的處境，一樣的痛苦……一樣的目標，幸運的是，妹妹沒有丟下我。」

孝英這時慢慢放開抱緊的克萊絲，在月光下看著彼此。

「克萊絲，我喜歡妳……不要單獨行動……妳不是孤獨的，我們現在就是妳的家人，不是嗎？」

這時前方要塞大門發生了大爆炸，大門口被玲奈一拳打爛，回頭看著孝英。

「眞不愧是孝英哥哥，出手還眞快……不過我喜歡喲……」

孝英和克萊絲看著眼前被爆破的大門也驚嚇到了，玲奈像是非常不開心的在發洩。

蒂娜也出現在孝英後方不遠處：

「克萊絲姊姊，哥哥他雖然不會做菜、做家事，不過是我最親愛的家人，麻煩妳多費心了……那個玲奈讓開點。」

蒂娜手上巨大的砲擊一發，直接轟爛了眼前的軍事要塞，產生巨大的爆炸，讓外圍要塞直接變成了廢墟。

來到哥哥身旁的蒂娜對著哥哥說：

「回去後哥哥你會跟我好好解釋……這一切的原因吧？跟我們說好的不同……不是來阻止克萊絲姊姊而已嗎？怎麼會變成告白？」

「不……蒂娜妳聽我解釋……」

克萊絲這時才終於露出笑容，笑容夾雜著淚水，向前抱住孝英和蒂娜。

「謝謝你們……這群傻兄妹……孝英……你是認眞的嗎？」

一旁玲奈拉著孝英的衣袖。

「哥哥……不能欺負克萊絲姊姊喔……玲奈會生氣的。」

孝英把玲奈拉過來，四人抱在一起。

「這是當然的啦！因爲我們是家人，從現在起至永遠都是，回去吧。」

當孝英他們回到地下城後，隔天一早，地下城廣播一件驚人的消息：

「將領漢諾已經被毒害身亡，且另一將領雷特列下落不明。」

克萊絲才突然意識到當初跑出地下城到地表時，門口並沒有人看管、漢諾也不在，原來已經被毒害了。

在遙遠的Y政府內部，雷特列正在計畫著進攻反抗軍。

「哈哈，終於等到這一刻了，克萊絲妳等著，還有你們所有反抗軍都死定了。」

CHAPTER 11
第三研究所

這個早晨地下城反抗軍們士氣非常低落，三將領之一的漢諾被發現中毒死亡，連同下屬弟兄有一半人數失蹤。

「這到底怎麼回事？漢諾怎麼會被毒害？」

克萊絲研究了漢諾屍體中的毒素並非反抗軍所有，而是Y政府內部才會有的，用來控制被抓走的孩子們及家屬的心智，這種毒素能控制身心，劑量過多就會死亡。

泰達博士檢查了出入口影像，發現了雷特列的叛變，他帶領旗下兄弟投靠Y政府去了，其中包含漢諾的下屬。

孝英非常憤怒地握緊手上的軍刀說：「這人渣！我們追上去吧。」

博士指著螢幕上顯示的位置，正是雷特列的設備座標位置。

「奇怪的是，雷特列怎麼會沒有拿掉追蹤設備？看來是故意讓我們知道他在哪裡的樣子。」

蒂娜拉著孝英的衣服，並指著螢幕中座標的位置，表情帶有些驚恐：

「哥哥……這個地方……」

「怎麼啦？」

「那個地方是……我被抓去研究的地方，位於Y政府的第三研究所。」

「第三研究所？研究蒂娜的地方。」

蒂娜腦海裡浮現當時現場其他孩子被殘酷分解、研究的畫面，無助的弱小生命被活活的實驗致死，剩一口氣的失敗品則被當成垃圾，丟棄至荒野。

「那些孩子們，有些一定還活著……我要去救他們。」

蒂娜越說越激動，這時克萊絲搖了一下蒂娜的肩膀說：

「妳說的那些孩子們一定還活著，我們一起去把他們帶回來。」

於是反抗軍僅存的將領「克萊絲」帶領旗下兄弟五十餘名、Y型號3「蒂娜」以及Y型號6「玲奈」，加上反抗軍的新星分子「孝英」，以上爲本次拯救行動的陣容。

當隊伍抵達地面時，克萊絲關閉了地下城三大入口，所有人搭上大型裝甲車，往第三研究所前進。

「哥哥……根據模糊的印象，當時我被綁在實驗檯上周圍……」

「別緊張妹妹，告訴我當時妳看到了什麼？」

所有現場夥伴都認眞聽著蒂娜陳述著看到、聽到的一切。

「那時候我身旁一位軍人，就是把我綁走的那位……但是有些內容我很疑問？他好像有通電話說放過我們不用殺……」

「放過我們？」

「這訊息我也不知道是不是眞的？他說了一些像是『我已經拿我妻子和孩子們付出代價了，就留他們一口氣，至少讓兒子活下來，女兒也別全機械化』之類的話。」

「那個軍人到底在說什麼？蒂娜……難道他是我們的父親？」

「不可能吧……哥哥，除了收養我們的爺爺，就沒有關於父母的記憶。」

克萊絲這時候插嘴：「搞不好你們的父母就在Y政府裡面。」

「很多研究者的家人和孩子都被控制、威脅等，被當成材料或棋子使用……這對於Y政府是很平常的事情，所以我們反抗軍要推翻他們，讓我們回到眞正的安全與自由。」

突然蒂娜和玲奈感應到附近有大量機械物體靠近。

「蒂娜姊姊，它們來了。」

玲奈站了起來，推開裝甲車的門，看到後方不遠處出現比裝甲車還大台、外表似蠍子的機器正在追趕著他們。

克萊絲拔出了配刀，指揮弟兄們準備戰鬥，蒂娜掃描了這些機械蠍子讀取資料。

「大夥準備戰鬥，看來我們事先被款待了，想必本來就知道了，賭上反抗軍之名。」

「型號：機械裝甲G-5、類別：軍事機構、威脅等級：中等、數量22。」

「請克萊絲姊姊和大家繼續前進吧，妳們不用停下來。」

蒂娜用微笑的方式告訴大家。

「哥哥你和克萊絲姊姊繼續前進吧，我來阻擋這些追兵就可以了。」

「妳在說什麼？妹妹……數量那麼多。」

「武器轉換：『刃』，機能啟動：20%。」

蒂娜右手變化出一把跟自己身高等長的白色刀刃，慢慢走向車門，回頭看著孝英。

「放心吧哥哥……是Y政府太小看我們了，派這種兵器想殺死我們，有點太超過了，因爲我是……」

「因爲姊姊可是Y型號3，而我馬上跟上，我是Y型號6，這是我最後一次講型號了……我叫做玲奈。」

兩人跳下了車，超速回跑向機械蠍子。

「裝置啟動能源：40%。」玲奈雙手握拳，瞳孔從紅色變爲金色，拳頭外圍出現了藍色火焰般的光芒。

機械蠍子用巨大的機械尾巴往玲奈刺擊過去。

「太慢了。」

尾巴還沒刺到玲奈，就被從天上跳下來的蒂娜，用右手刀刃光速劈成粉碎後爆炸，另一隻機械蠍子用身上的機槍碉堡往玲奈射擊，每顆巨大子彈都被玲奈揮拳擊落，玲奈的拳速和子彈速度一樣快，發出了大量「崩、崩」聲響。

在車上持續前進的大夥，看到後方的戰鬥場景，發自內心的想：

「看來我們眞的繼續前進就可以了。」

「蒂娜、玲奈，我們在第三研究所等妳們，絕對要安全趕上。」

孝英往後方大喊著。玲奈回頭微笑後，揮了揮手，蒂娜則是朝他比了個YA的手勢。

裝甲車持續前進約15分鐘後，蒂娜她們還持續在戰鬥。這些機械蠍子後方，出現了體型比機械蠍子大數十倍的機械兵器，堪稱建築物不過分。

「這是什麼鬼東西？」

「小心點，蒂娜姊姊。」

「玲奈妳也是，看來我們要多花點時間，才能趕上哥哥他們了。」

「型號：機械裝甲G-0、類別：軍事機構、威脅等級……」

兩人同時說：

「威脅等級：極高……這是什麼怪物。」

這個巨大的機械怪物，外表像是隻獅子，背上卻有兩隻巨大的機械三指手臂，眼睛泛著紅光，發出了驚人的吼叫。

玲奈飛快地往大獅子頭部跳去，做出揮拳的動作。

「看我一拳打壞牠，不要模仿獅子了。」

「等等玲奈，快跳開。」

獅子的大口突然發出白光，射出了能量波，玲奈以單拳與之抗衡僵持中。

「喝啊！我絕對要擋住，這個方向是孝英哥哥們離開的區域，我如果閃開就可能會直接射中他們。」

「玲奈……」

蒂娜跳起準備砍向獅子頭時，獅子突然轉頭，眼睛射出紅光。

蒂娜馬上用刀刃快速打散掉，玲奈則掉落於地面。

「玲奈沒事吧？」

「還行，姊姊我沒事。」

蒂娜注意到玲奈右手已經嚴重受傷，損毀度18%，她心想：

「這樣叫做沒事……真是善良的妹妹，不擔心自己的狀況，一味給我笑容。」

蒂娜非常憤怒，背部開起四個追蹤砲，往機械獅子射擊，發出爆破聲響，但只造成獅子微量的傷害，外表看起來非常堅硬。突然獅子講話了，原來是遠端聲控的機械體，這聲音非常的熟悉。

「喲！兩位小女孩，沒想到妳們這麼難對付，當我老婆不是剛剛好嗎？聽我命令。」

「這噁心的聲音是……」

「蒂娜姊姊，是他沒錯。」

「我是雷特列，怎麼樣？我的新玩具很厲害吧？」

「你快自首吧，我哥哥已經往你那邊去了。」

「是嗎？那我只好親手解決他們囉？至於克萊絲……我會留下來好好享受。」

玲奈問著蒂娜說：

「姊姊……他是不是……」

「對，妹妹記得以後不要靠近怪叔叔……他肯定是個變態。」

「姊姊我不想讓這傢伙傷害克萊絲……」

「放心，絕對不會……我們會阻止他。」

「阻止？看到這畫面還認為妳們阻止的了我嗎？」

獅子頭底下胸口處打開一個大門，內部有一位年紀約9歲小男孩，全身幾乎機械化，頭部連結了一堆線。

「這是……你們怎麼這麼狠心做這種事情？」

「姊姊這男孩是……」

「沒錯，妹妹……妳掃描的資料跟我一樣。」

「型號：Y型號『5』、類別：國家兵器、威脅等級：極高。」

「雷特列，爲什麼你會控制著Y5？」

「哈哈哈！如何？妳們以爲我們派出的都是雜兵嗎？準備受死吧。」

玲奈激動地握緊雙手，接著說：

「你們這些變態，連比我小的孩子都不放過，連十歲都不到的孩子也下得了手。」

「到底什麼時候……你們……你們才肯停止這種殘忍的行爲？」

玲奈再次衝刺並跳了起來，往機械獅子身上猛揍。

獅子伸出背上的巨爪，往玲奈抓過去，卻被玲奈的雙手扳住。

「我絕對……絕對不會原諒你們……」

玲奈奮力地拔斷一隻巨爪。獅子頭突然三百六十度轉頭，往玲奈射出紅光。玲奈快速閃躲著。

玲奈在瞬間以快拳打斷獅子的另一隻巨爪，兩隻巨大手臂就這樣被破壞掉。

蒂娜跳起，飛在空中，右手變化成巨砲對準獅子。

「太天真了小女孩，妳在空中就是我的靶子了，死了可惜……不過……去死吧。」

獅子開口發出強烈白光往蒂娜射過去。蒂娜也發射火砲，兩者的威力在空中對抗著，

這時候蒂娜喊著：

「玲奈就是現在。」

「什麼？妳這小鬼。」

玲奈衝入獅子胸口，徒手拔斷小男孩的線路，並把這孩子帶離獅子。帶離時發現，小男孩只剩一半的身體，其他幾乎都機械化了……玲奈難過了回頭喊著：

「可以了！姊姊，動手滅了這怪物。」

「威力全開，諾瓦。」

蒂娜的巨砲手幻化成白色，爆發更強烈的威力，直接打消了獅子發出的白光，射中其頭部，整台巨大機械爆炸，威力宛如十顆核彈。

停頓好一陣子，玲奈和蒂娜觀察著小男孩的生命跡象。

蒂娜嘗試用自己的右手線路連結小男孩，希望能拯救他。

「這孩子……名字叫做『卡亞』，年齡9歲，一樣是在第三研究所被製作研發。」

「姊姊……這孩子不行了……」

「幾乎完全機械化，連腦部也是。」

這孩子突然開口說話：

「謝謝……各位……姊姊？」

「什麼？你還能講話。」蒂娜激動的問著。

「你們阻止了我……這只是小事情……你們要阻止那個東西。」

「什麼東西？撐下去……我們會想辦法救你。」

「我已經不行了……那個東西即將復活，這是我給予妳們的祝福……」

Y5卡亞在最後關頭拿出一朵四葉幸運草，給予了蒂娜及玲奈。

「那個東西叫做Y……」

突然小男孩頭部發生爆炸，但都被蒂娜的屏障擋了下來，沒有危及到玲奈和自己。

「姊姊……他怎麼會……」

玲奈看到小男孩的碎片散落四周，想哭卻流不出眼淚。

「他被封鎖消息了……講出來就會爆炸，以防消息外漏……不過，我們已經知道有恐怖的東西存在著。」

「恐怖的東西？」

「這還眞是……我們資料庫沒有的訊息……妹妹……我們休息一下，要馬上趕上哥哥他們，有危險了……Y政府隱瞞了一些事情，Y型號……竟然不只九隻。」

CHAPTER 12
驚人的內幕

反抗軍的裝甲車一路前進到Y政府研究機構的外部研究所，位於政府總部外五百五十公里處的巨大白色建築，樓高約六十層，占地五千坪，屬於重要研究基地之一的「第三研究所」。

克萊絲看到研究所外圍遍地的屍體、血跡、屍骸碎片，牆壁上也到處沾滿不規則、雜亂的血液抓痕。

「這是什麼鬼地方？噁……嗚。」

陣陣的屍臭味傳來，克萊絲遮著鼻咽，表情痛苦的蹲了下來。在場所有人都戴起了口罩或防毒面具，看著入口的景象，克萊絲表情摻雜著痛苦和難過。

「這根本不像什麼研究所，更像是人類的巨型墳場。」

孝英內心突然感到刺痛，像是某種自己沒體驗過的莫名熟悉感。

「什麼感覺……怎麼憤怒中有種安撫力量在抑制我？」

建築物牆上的雷射突然開始對反抗軍掃射，一些來不及反應的弟兄當場被射死，大家趕緊閃躲。

「快散開，火砲對準那些雷射塔發射。」

反抗軍背上的大型火砲管開始反擊，與牆上的防禦堡壘互相開火攻擊。克萊絲拔刀、跳躍至雷射塔上飛快砍擊，一瞬間就破壞掉數個防禦設施，再跳回地面，她看著大門處喊著：

「各位夥伴前進，滅了這慘無人道的鬼地方。」

克萊絲壓低身姿，使出一個幾乎連眼力都追不上的拔刀術，往前一揮，打出一股強大的風刃直接把眼前的巨門劈裂開來，風刃持續攻擊大門使之直接垮了下來。

「祕劍——飛燕……連斬。」

「好厲害……克萊絲……不……教官。」

在孝英面前的克萊絲展現的實力完全無法與訓練時比較，簡直是兩種人的風格。

「眞不愧是隊長。」

「大家上！」

「快跟上隊長。」

反抗軍弟兄們開始往前推進，包含孝英，目前共有42人、門口死亡數9人，原人數51人。

進入後隨卽迎來一群半機械外表的醜陋犬類，看似貓狗動物、也被當成研究材料。每一隻體型都跟一位成年男人一樣大，數量目測約爲50隻。

「歡迎各位反抗軍蒞臨第三研究所，我是雷特列，我的動物們還可愛嗎？」

雷特列開始用廣播跟反抗軍們談話，克萊絲聽到雷特列的聲音，極為憤怒喊著：

「給我出來，雷特列，你為什麼殺了漢諾？你這叛徒。」

「哎呀呀，我的小老婆別激動，我有的是時間可以好好享用妳的身體。」

「眞是噁心，快滾出來。」

「你絕不是我們隊長的對手。」

「想碰我們隊長就先過我們這一關吧。」身旁弟兄叫囂起來。

「憑你們這群雜碎？可愛的貓咪們，上吧，吃了他們。」

四周機械犬類開始撲向反抗軍，雙方打鬥成一團，就是不見雷特列的人影。

孝英努力攻擊這群半機械犬，手腳被牠們抓傷和咬傷。

「這些野狗……感覺毫無意識。」

克萊絲砍掉孝英眼前的狗頭顱說：

「這些動物不是自願變成這樣的，可憐的傢伙們……讓他們解脫吧！孝英，直接砍掉頭部卽可。」

戰鬥已持續二十分鐘，受重傷的弟兄往出口處撤離，其他人則繼續前進，一路上孝英彷彿聽到一堆人類亡靈生前的聲音。

「大哥哥？」

「這裡很恐怖……我找不到媽媽。」

「哥哥能帶我出去嗎？」

無數的回音在孝英的耳裡徘徊著……孝英喊著：

「各位小弟弟、小妹妹，你們別擔心，等事情告一段落，我一定帶你們出去。」

孝英這句話，反抗軍們都聽在心裡。此時雷特列和旗下弟兄突然出現在反抗軍面前。

「喲！一路前來辛苦了。」

「雷特列……」

「克萊絲，成爲我的人吧！保證妳爽快，這是妳最後的機會。」

克萊絲握著刀指著雷特列。

「開什麼玩笑，準備受死。」

「是嗎？那就只好打倒妳再說了，各位上，同爲反抗軍你們占不到便宜的。」

兩邊人馬交鋒，互相打撕砍，雷特列則是奸笑後逃離。

「站住。」克萊絲追了上去。

孝英想跟上，卻被其他前反抗軍纏住。

「對，追過來吧！克萊絲。」

兩人追逐了一陣子，經過一條長通道時，天花板突然射下無數的針。

克萊絲急忙閃躲、用刀揮砍，最後兩人來到了一間研究室門前。

「你跑不掉了，雷特列。」

「是啊！眞不愧是妳，能追到這種地步，不過妳也完了。」

克萊絲左手臂上被一根針刺到，她發現後便趕緊拔除，但身體已經開始發麻了……她喘著氣。

「那是一種毒針，有強勁的麻痺效果！妳已經完了，克萊絲。」

雷特列手持兩把流星錘，開始攻擊克萊絲，但都被她巧妙的閃躲過。

「看妳能撐到什麼時候。」

克萊絲的腹部突然被雷特列的流星錘擊中，整個人被甩了出去撞擊牆壁。

「嗯……啊。」

「怎麼樣？人見人愛的將領，現在也要敗陣了。」

雷特列扶起克萊絲，抓著她的腰。

「眞是傲人的身材啊，讓人受不了，果然我要得到妳……克萊絲。」

莫名的聲音出現在克萊絲耳裡迴響。

「站起來，妳還沒失敗，妳還不能死。」

「妳是誰？」

「我是支持你們的人，不久的將來，你們可能和我對抗，到時候請務必殺死我。」

「妳在說什麼？」

「身違反抗軍隊長的妳，我兒子還要靠妳指導訓練，一切要拜託妳了，當時我沒有盡到養育責任……」

「妳是孝英的母親……妳在哪裡？」

「不需要特地來找我，我的意識也殘存不了多久了，到時候請務必阻止我……我一直看著你們，雖然孝英和蒂娜對我沒有任何印象，但我能看著他們長大了……就滿足了。站起來克萊絲。」

「等等……妳是？」

內心對話瞬間出現後消失。此時雷特列正準備伸手去抓克萊絲的胸部：

「眞是太棒了，妳是我的了，我要上了妳。」

在雷特列手快要碰到前，克萊絲猛力地踢開他。

「怎麼會……妳應該無法動彈了。」

克萊絲用綁在腿上的匕首刺自己的大腿，增加痛覺、抵抗麻痺感，眼神堅定地看著雷特列。

「不用抵抗了，克萊絲。」

雷特列撲向克萊絲，並奮力丟出流星錘。

但克萊絲立刻消失，下一秒雷特列才發現，克萊絲已經跳在空中，她散發的殺氣帶給雷特列前所未見的恐懼。

克萊絲側身做出了強大的斬擊，姿勢優美。

雷特列此時俯視著和自己程度差距如此大的克萊絲，彷彿無法超越。

下一秒，雷特列身體被斬成兩半，鮮血噴散一地。

雷特列死前意識到克萊絲在戰鬥中還真的完全不說話，自己卻在毫無感覺的情況下死去。

克萊絲走到一旁坐了下來，才終於痛苦地說：

「剛剛的聲音……是誰？難道說真的是孝英的母親？」

反抗軍正好趕到，孝英看到倒在地上的克萊絲便衝了過去：

「克萊絲！振作點……你們快帶隊長出去。」

孝英看著昏去的克萊絲中毒發紫的嘴唇，想著一刻都無法耽擱。

另一邊走來一位神祕女子，在孝英他們面前說著：

「你們哪都別想去，玩具們。」

女子身穿黑色連身裙，戴著一副太陽眼鏡，一頭烏黑長捲髮，身高172公分。

「妳是誰？我們趕時間別擋路。」孝英看著她說。

「想不到玩具這麼快就壞掉了，雷特列這程度也是將領？你們是沒人選了嗎？枉費我控制他們跟你們玩玩反叛的感情戲。」

「妳說什麼？控制？」

這位女子拿起雷特列的人頭，指著額頭上一個小晶片。

「這就是我控制他們的裝置，想不到還沒現身地表上就被我控制了，簡單的人心。他手下也是，當然你們一個也別想跑。」

孝英旁的實驗室突然開門，走出了一位身穿黑色軍服的男人，身上別有四顆將星位階，一頭黑髮，年紀約五十歲，對著這位神祕女子說著：

「好了夠了，『四方院』退下去。」

「什麼？這正是處理掉這些反抗軍的好機會，長官你確定嗎？」

「我叫妳退下，沒聽到嗎？」

「長官你到現在還執著於『雪莉』嗎？」

「你們可眞走運啊，玩具們。不過『司貝爾』長官，這動作無法跟總部交代，你自己看著辦吧。」

神祕女子退後離開了，這位軍人慢慢走向孝英等人。

「你是誰，不要靠近。」

孝英身旁的反抗軍開始包圍這位軍人。

「想不到你已經長這麼大了……不過這之前得先救她，不是中毒了嗎？還不讓開？」

「我爲什麼要相信你？你要對克萊絲打什麼藥劑？」

「那對於你的父親呢？」

「什麼？」孝英愣住了。

隨後這位軍人在克萊絲大腿上打了一針藥劑。

「這樣就沒問題了，那麼你們快離開吧？」

孝英抓起這位男人的衣領問著：

「你是誰？快說，還有剛剛那位女人也是？控制雷特列？怎麼回事？」

這位男子抱住了孝英。

「感謝老天爺，你還活著……我的兒子。」

「放開我！什麼？你是我父親？不可能，我和妹妹從小就沒有父母！」

「因爲從你們還是嬰兒時，我就讓人帶走了你們，避免你們成爲現在的研究材料……你們要阻止的Y計畫打從數十年前就開始了。」

「我爲什麼要相信你？突然冒出來就說是我的父親？你們讓妹妹遭受什麼待遇？被變成什麼樣子？還說是我父親？」

「我如果不是你父親，當時在家窗旁我不會故意射歪子彈，沒打到蒂娜的要害，讓你帶妹妹跑掉，沒想到你還是被抓到了，要不是我對他們說你沒有抓的價值，你會活到現在嗎？」

原來以前闖進孝英家中的那位軍人，就是孝英的父親。利用各種權限巧思，孝英才得以活到現在，不然早就因爲反抗被射殺。

「你說的都是眞的嗎？」

「蒂娜的事情我很抱歉，但我也無能爲力，只能假裝再假裝……你們快走，時間不多了，不能待在這，我無法拖延太久的。」

「剛剛那女人是？」

「你們打不過她的，她是Y型態編號『2』名叫：四方院。」

「什麼……Y2」

「我很開心能看到長大後的你，當年照顧你們長大的爺爺就是我的老朋友，你們的名字也是母親一開始就決定的。」

「母親？……媽媽在哪裡？」

「還是忘了她吧，時間不多了，快走吧，現在是撤離的最後時刻了，順便帶走這些還活著的孩子們。」

孝英的父親打開了四周的牢房大門，上百位年紀不等的孩童走出來張望。

「父親……我們還能見面嗎？還有你的名字？」

「有機會，也許沒有……快走吧……我會當作我被你們威脅處理。」

反抗軍開始撤離，本次突擊作戰算是成功，救回上百位孩童與青年。

大家陸續搭上外面的裝甲車，孝英走在最後。

「兒子，我名叫『司貝爾』，是你的父親……雖然我沒資格說這種話，但是我還是想說出來……我和你母親是永遠愛著你和蒂娜的，記住。」

「父親……不跟我一起離開嗎？一起走吧。」

「那是不可能的！好了兒子，不要撒嬌了，快走，你的女朋友很漂亮，要顧好她，遠端監控我也知道你和她的打鬥。」

反抗軍離開後不到五分鐘，第三研究室外圍便發生大爆炸。孝英搖下車窗向外大喊：

「爸爸……」

這突然的大爆炸，炸死了孝英的父親，反抗軍也全看在眼裡。

在第三研究室的屋頂上，Y型號「2」正在跟總部通話：

「是，已確定『司貝爾』長官被反抗軍所殺害，我後續前往追擊，是~我知道了。」

一段假訊息讓Y型號「2」有出戰的理由，她帶著邪惡的笑容、充滿自信的神情……

前所未有的威脅也即將到來……

CHAPTER 13 神祕女孩的過往

撤離的裝甲車內，眾多孩童一臉茫然地看著孝英，孝英則將昏睡的克萊絲抱在懷裡。

「大哥哥，能帶我去找媽媽嗎？」

「這裡是哪裡？」

有些感到不安的孩子們開始哭鬧，有些則安靜地蹲在角落，不發一語。

「大哥哥帶你們去安全的地方，不用擔心了，有時間就帶你們找爸媽。」

行徑的路上佈滿大戰時嚴重爆破的痕跡，車門突然傳來敲擊聲，弟兄們連忙開門，發現是蒂娜和玲奈抓著車門，往車內望了一會後跳進車裡。

「蒂娜、玲奈，妳們沒事吧？怎麼一身傷？」

「哥哥說來話長，這些孩子是？」

「妹妹，我遵守了約定，帶他們回來了……」

「他們就是……我當時腦海內的某些面孔……」

蒂娜左眼掉下了眼淚，其中一位看似八歲的小男孩用手摸了摸蒂娜的臉頰，表情無知地說著：

「姊姊，受傷了嗎？哪裡痛痛……不哭不哭。」

蒂娜立刻把小男孩抱在懷裡，一邊掉眼淚一邊微笑著。

「沒事、沒事，姊姊我是看到你們平安而感到開心……眞是太好了。」

玲奈的年紀跟其他孩子差不多，看著眼前上百位孩童被救出來，開心的想掉眼淚，卻無法很正常的表現感情。

孝英將玲奈一把拉過來，摸了摸頭，不捨地看著她到處擦傷和破損的手臂。

「玲奈妹妹辛苦了，想必剛剛經歷了大戰……連妳們也能傷成這樣，看來敵人也不簡單。」

「哥哥，玲奈和我沒事，看到你平安回來就好……那克萊絲姊姊她？」

「沒事，雖然受傷中毒了……不過已經解毒了，現在在休息而已。」

昏睡的克萊絲慢慢睜開眼睛。

「教官、妳醒了？感覺還難受嗎？」

克萊絲看到自己躺在孝英膝枕上，臉泛紅起來，立馬坐起。

「孝英，這裡是……已經在車上了……研究所呢？」

「我們已經撤離了，妳看這些孩子，就是我們救出來的。」

「我印象中……雷特列他在我面前……他死了嗎？」

「是的，他死了！妳已經幫漢諾報仇了，教官妳做到了。」

克萊絲低下頭落淚，蒂娜馬上幫她擦拭並說著：

「克萊絲，有時候哭出來沒關係，這是成功的淚水……不要憋著。」

這下才讓克萊絲情緒潰堤，抱著蒂娜大哭地說著：

「我終於……我終於幫漢諾報仇、殺掉叛徒了，漢諾和這次死去的弟兄們，可以安息了……大家……可以安息了……嗚嗚……我對不起你們。」

不含克萊絲、蒂娜、玲奈、孝英四人，裝甲車上殘餘的弟兄們剩餘28人。孝英心裡知道，雷特列和那些弟兄是被那神祕的女子控制了心智，但看克萊絲目前情緒不穩，便不打算說出口。

回到了地下城，部分孩子們找回了自己的父母，發出喜極而泣的聲音，這些聲音使將領克萊絲感到欣慰，努力總算有點回報、沒有白費。

泰達博士緊急幫玲奈處理戰損的傷痕，克萊絲負責指揮現場安置狀況，孝英和蒂娜則走到附近的桌椅坐了下來休息。

「妹妹，妳幫我搜尋一下關於『司貝爾』這個人的資料，他到底是誰？」

蒂娜搜尋了一下當前資料庫說著：

「完全找不到任何相關資料，哥哥。」

「怎麼會呢？他可能就是我們的父親。」

「父親？你在說什麼？我們沒有父親。」

「當時去幫克萊絲的時候，就是這位『司貝爾』救了我們，不然被那位神祕的女人纏上，根本脫不了身，那時他還說了一堆以前你被抓走、故意沒殺我的事。」

孝英把在第三研究所遇到父親的事全告訴了蒂娜，蒂娜聽完一切可能是事實的眞相後說：

「對不起，哥哥……我們從來沒有任何與父母相關的記憶，這發生得太突然了。」

「說的也是，當時我也是非常錯愕，完全不知道該信還是不信。」

「妹妹對不起，都怪哥哥不夠強，害妳身體被改造成這樣，我眞是沒用。」

「別這麼說，這不是哥哥的錯，現在我們能夠平安的團聚已經是奇蹟了，這世界……」

孝英憤怒槌了一下桌面說著：

「沒錯，這世界太黑暗了，政府一定在隱瞞什麼……如果那個大叔眞是我們的父親……那也死了。」

同時，距離地下城約一百一十公里處，一群居住於地面上的百姓們，頭部被拇指大小的機械蟲控制了自我意識，上百位到千位的人類變成只聽命令的活體，拿著棍棒等的任何武器，往地下城方向前進著。

時間追溯回十年前。

還只是十五歲的神祕少女，有著紫色瞳孔、烏黑的長髮，每日過著非常貧困的生活，對這女孩來說，國家無能幫助她們，沒一頓可以溫飽，更不用說上學也沒交什麼朋友，唯一欣慰的是能和父母一起生活。

某日，數名強盜闖進家裡侵略，父母在反抗之中被強盜手上的槍支射成了蜂窩，女孩不停地叫喊、逃命。從此，這位少女便走入了人生最黑暗的時刻。

每天不停奔跑，所到之處房屋皆全部緊閉著，不斷敲門求救或是尋求一點食物，卻完全沒有人理會，各顧各的生命安全，沒有人有額外的思維去幫助他人。

孩童時期認識的幾個朋友，儘管家裡沒事，也無視女孩的苦難，完全沒有要幫助的意思。

女孩深深感受到了世界的殘酷與絕望，在一場大雨中望著天空大哭：

「爲什麼沒人要幫助我？我好餓……」

走著走著，看到前方有一群像是有錢人的軍隊，便過去拉了某位的衣角說著：

「對不起……請問能給我一點麵包嗎？」

想不到這句話會成爲女孩最後悔說出口的話

這群人看著這位女孩，當場強暴她，並撕毀了她的衣服，只有十五歲的少女無論怎麼哀求哭喊，也沒人理會，頓時成了一群男人發洩的工具後被丟棄路邊。絕望的臉孔面前，只有半塊已經發霉的麵包陪著她一起淋雨，身上衣服早被趴的精光。

「讓我……死了吧。」

「爸媽……我馬上就去找你們了。」

隔天，這位少女並沒有死，活下去的本能讓她啃著已經發霉的麵包，哭紅了雙眼。

這時她所在之處開始出現大量的爆炸，原來是天上飛行機正在空投炸藥轟炸此區。

少女再次盲目地奔跑，砲火的煙霧中串出一點逃生的念頭。

「我為什麼要跑？不是決定要死去……這個世界。」

少女停下了腳步，等著下一顆炸彈直接炸死自己，然而飛行機卻停止了轟炸，一位男子空降而下來到少女前方，看著兩眼早已無神的少女說著：

「我叫『司貝爾』，女孩妳叫什麼名字？」

少女沒有回應，像是失了神一樣，被這位男子帶走了，來到「聖頂」的中央區域。

經過工作人員幫她清洗身體、擦藥、換上新的衣物後才有點反應：

「這裡是哪裡？我為什麼還活著？」

少女在一個大型能源實驗場所前東張西望著。

「這裡是『聖頂』，又稱做Y政府」

「大叔，你是誰？」

「我不是介紹過了嗎？我叫司貝爾，是這裡的上層。」

司貝爾拿張椅子要女孩坐下，並繼續說：

「看來過著很痛苦的生活，女孩？妳叫什麼名字？」

「我爲什麼要告訴你？快點讓我死了吧。」

這時來了另一位女子打斷了兩人的談話：

「好了，親愛的……這樣會讓她無法卸下心防的喲，你不擅長應付女孩子。」

出現在眼前的女子，穿著高等精密不知名戰衣，頂著一頭純白長髮，有一雙綠色瞳孔，背後長了四對天使般美麗的翅膀。

「沒事了，女孩。我知道妳遇到很多恐怖的事情，我很能理解，我叫『雪莉』。」

這位名叫「雪莉」的女子抱住女孩，摸了摸頭安撫著繼續說：

「失去父母很難受吧，遇到很多不公平的待遇，我都懂。」

「妳是誰，放開我！不要說的好像你很了解我一樣。」

「我當然懂，因爲我也失去兩位孩子，他們一出生就被帶走了，妳看我身體，像不像機器人？」

「妳到底是誰？爲什麼有翅膀？」

「妳想要變強嗎？回歸正常的公平？」

雪莉的一個問句讓少女頓悟了。

「變強？」

「是呀，過去我們人類互相殺戮，毀了地球，才製造『凡提亞』星球移居過來，沒想到也是一樣的結果，所以，只要變強就能改變一切現狀，我們一直在努力打破這些不平等。」

「我願意，只要我有力量……我想要力量……什麼我都能接受。」

「那妳叫什麼名字呢？」

「四方院，我叫四方院。」

彼時的Y政府「聖頂」，並不像現在孝英他們所遇到的這等殘酷，當時可以說是弱者的救星，救了不少人類。

四方院接受強化改造，獲得了極爲恐怖的力量，成爲了Y政府的兵器，與她相處最好的人就是雪莉，對她如母親般得關愛，使她只認同雪莉給予自己的一切。

四方院開始殺戮、反擊外在的叛亂勢力，手上的高科技鐮刀能夠吸取人類的血液，並將之轉化爲能量，鐮刀劃過之處全變成了平地，強大的力量讓她找回了自信。

過了3年，某天四方院回到總部，發現雪莉被一堆機械線路固定在內部核心地帶的培養品裡，雪莉已經失去以往的活力，閉著雙眼，在雪莉面前，站著一位年輕的銀白髮男子。

「你是誰？雪莉怎麼了？」

四方院馬上提起鐮刀對著這位神祕男子。

「別這麼大的殺氣，四方院，我沒有什麼名字只是研究人員。」

「你在做什麼？雪莉爲什麼被這樣控制著？」

「這都是外面反抗勢力害的，摧毀一堆外在線路、殺了許多研究人員，阻止我們研發其他科技，雪莉正在維持一切系統的運行。」

「你說的是眞的嗎？」

「當然，所以妳要幫忙對付反抗軍，好讓我們繼續進展。妳有任務在身的，不然雪莉會死喔。」

「雪莉看起來好痛苦，我馬上去把敵人宰了。」

四方院衝出了總部，這時雪莉慢慢睜開眼睛……

「別相信她……四方院……快回來。」

雪莉說完後，撐不住精神，又進入了沉睡狀態。

神祕男子看著四方院完全離去後，才大笑著說：

「哈哈哈，太好了！掌控整個凡提亞也是可能實現的」

時間回到現在。

朝著地下城前進的神祕女子，正是「四方院」。

「我要快點解決這些叛亂分子，無需憐憫！」

面對身旁求饒的百姓，看都不看一眼，直接用超大鐮刀砍成了碎片。

「你們這些雜碎，我何必可憐你們？那當初誰來可憐我！」

「司貝爾那混蛋竟然自盡了，難道說剛剛的反抗分子內有他的孩子？」

「就算他的孩子混在裡面，我也不會留情，不要怪我。」四方院思索著。

「竟然讓雪莉這麼痛苦，就算是做孩子的，也不可原諒，一律處死。」

在距離反抗軍地下城約剩下10公里時，玲奈和蒂娜就立刻感應到正在靠近的強大威脅。

「哥哥上面有什麼來了，非常強大……」

蒂娜立刻進入警戒模式，地下城隨後也開始廣播要大家開始避難，孝英看著這情況感到更爲緊張。

「慘了……我們的據點完全被發現了。」

「蒂娜姊姊、孝英哥哥，這威脅非同小可，我先上去抵擋了。」

玲奈往地表衝了上去，克萊絲也盡快招集反抗軍們集結，玲奈一到達地表便往四方院方向衝了過去。

「不行讓她靠近地下城，在哥哥他們來以前我必須先引開。」

飛快的速度來到四方院面前，在玲奈眼前是上千名被控制的百姓，開始往她胡亂攻擊。

「這些人被控制了……」

玲奈試圖打暈這些被控制的人類，但馬上又站了起來。

「怎麼會？應該已經暈過去了。」

眼前一道非常強力的衝擊波襲來，玲奈立即閃開了，看了眼前強大的威脅。

「沒用的，對於棋子妳還憐憫什麼？Y6。」

「妳是……Y2？」

「爲什麼幫助反抗軍？同爲Y型號我可無法理解？」

隨後蒂娜已經趕到，大量反抗軍跟隨在後。

「看我一次解決你們。」

四方院跳了起來往前一個360度轉圈後，奮力砍了一個紅色刀形的衝擊波出去，經過的地面馬上被切成大裂縫，大聲喊著：

「死吧，狂龍！」

這道衝擊波的方向剛好是反抗軍過來的區域，玲奈計算出會全滅。

「裝置能源全開：100%戰鬥模式。」

能力全開的Y6瞬移到反抗軍前，兩手交叉在胸前阻擋這強大的衝擊波，所有人才有反應馬上跳開來，產生了大爆炸，蒂娜看著這情況喊著：

「玲奈……」

玲奈回應著：

「姊姊我沒事……」

四方院開始大笑，四周活死人也開始衝向反抗軍。

「終於來了嗎？Y3還有反抗分子們？喔！對了……」

四方院的笑容讓蒂娜身體發麻。

「我可不認為，我的技能有弱到會說沒事的程度？」

這時蒂娜回頭看著玲奈，玲奈嘴角流出了機體橘色血液，雙手出現裂痕後，斷裂掉落在地上。

「嗯……嗯……」

身體正面出現一道被砍中的痕跡，微微裂開。

「玲奈！」

蒂娜往玲奈衝了過去，玲奈當場倒地。

「姊姊……對不起……我說了謊……嗯……嗯……」

玲奈難受地上氣不接下氣，孝英看到此狀況，連忙叫其他弟兄優先帶玲奈回去基地。

「不不不，妳們一個也別想逃。」

四方院直接衝了過來，但是擋在她眼前的是蒂娜。

「看來真的是妳呢？想不到果斷直接來真的。」

四方院停下了腳步，眼前的蒂娜已經憤怒到直接啟動最終模式。

「女武神狀態啟動。」

CHAPTER 14

最強之敵Y2四方院

四方院穿著精美的紫色戰衣，拿著巨大的機械鐮刀，刀身沾滿的血液不時滴落下來，強大的威脅力讓蒂娜決定全力以赴。

「武裝轉換——刃！」蒂娜變化爲女武神狀態，右手變成一把銀色巨大刀刃，白色的秀髮及純白的武裝戰衣，背部展開四道天使般的翅膀，沒有絲毫感情的紅色瞳孔，看著前方Y2四方院，企圖阻止這前所未有的威脅。

所有反抗軍、被控制的人類當下都停止了動作，震驚地看著Y型態戰鬥狀態全開的蒂娜，如此的迷人、如此的夢幻，彷彿天使就在眼前。

在這一瞬間，克萊絲出現在四方院右側，做出了兩秒內快速揮砍。

「祕劍——鳳舞！」心裡想著：「看招Y型號，這是我最快速的斬擊，至少能切下妳的手臂……瞬間打出的斬擊次數是……」

「眞是快啊，妳可能是我目前遇過人類裡面攻擊速度最快的一個，竟然可以在兩秒內打出……」

「10次斬擊。」「10次斬擊。」

一個是克萊絲念在心裡的話，一個則是四方院的話，兩位同時講了出來。

眼前的四方院竟然能在一瞬間用右手的手指頭做出反擊，慢動作來看，會發現四方院用手頭巧妙夾住每次的揮過來刀身，擋下了一瞬間的傷害，手卻毫髮無傷。

「怎的會……」

克萊絲從不會在戰鬥中說話，這還是頭一次發出了驚嘆的言語。

四方院繼續說：「哎呀，神情不夠專注，小心前面。」

四方院的右腳瞬間猛力踢擊克萊絲的胸，克萊絲雙手立馬抱胸，被擊飛了出去。

孝英往克萊絲方向跑去，其他人則繼續把玲奈抬回地下城。

「克萊絲妳還好嗎？」被孝英扶起來後，克萊絲認眞的說：

「孝英，不好了。」

「怎麼了？」

「這女的實力完全不是同層級的，剛剛已經是我最快的攻擊，竟然被她當作暖身的阻擋下了。」

四方院繼續向前做出奮力揮砍的動作，並喊著：

「我不是說過誰也別想走嗎？把後面的Y6給我放下來，吼叫吧！狂龍……」

「蹦」的一聲地面發生震動，並沒有任何衝擊波打出去。

「什麼？真有趣啊！妳這小鬼頭。」

四方院看著自己要揮砍出去的鐮刀被蒂娜用左腳踩著，阻止了這次的攻擊。

「該小心的是妳，Y2。」

四方院跳開來，天上無數的追蹤砲彈往Y2射擊，閃躲動作很快，有些則是用鐮刀直接揮砍掉迎面而來的雷射砲。

「這邊交給我，你們繼續撤退，哥哥你們也都走、克萊絲姊姊也是。」

「妳在說什麼啊？妹妹，大家要一起戰鬥到最後一刻。」

「哥哥你們……不是她的對手。」

「妹妹，不是有妳在嗎？我們一定有辦法的！上次Y4事件我沒幫上忙，這次絕對要……」

「那是不可能的……」

蒂娜竟然講出這種話，在面對敵人的緊張時刻卻沒有一絲的把握，這還是孝英第一次聽到，之前的蒂娜可是自己獨自迎戰Y4，但這次卻不同了。

「妹妹妳說什麼……」

「我說快走！沒聽到嗎？哥哥。」

蒂娜衝向四方院，兩人用武器扭打成一塊，互相交鋒動作之快，完全無法用肉眼看清楚，只聽到不斷傳來的刀械打擊聲。

四方院則邊打邊說：「真是個好妹妹，讓我好羨慕，那邊的小哥你還不聽你妹妹的話嗎？她說的可是實話喔！要擋住我已經用上她全力了。」

「什麼？」

「快逃吧！哥哥，這傢伙……判定危險程度是……」

「哎喲！判定我的危險程度？從沒被那種系統測量過，對我來說想必也是……」

兩個Y型態同時說了：「無法判定。」對於蒂娜來說這種答案意味著什麼？

兩人持續交火，四方院一邊閃躲蒂娜射出的雷射砲一邊做出反擊，身體卻毫無被擊中的痕跡。

「無法判定？」孝英在無奈之下跟克萊絲達成共識要其他弟兄撤退，反抗軍往地下城移動。

「不用想太多了，螻蟻們！給我追我的棋子們。」

上千位的百姓往反抗軍追擊，畫面如同殭屍的追逐戰。

「注意！不要殺了他們，破壞他們頭上的裝置就可以了，一邊撤一邊阻擋吧。」

孝英邊應付周圍的百姓邊喊著：

「蒂娜撐著，等玲奈安全後，我馬上回來幫妳。」

克萊絲持續指揮撤退方向及各項指令，成功被拆除控制裝置的百姓，馬上被送至地下城急救。

場面一團混亂，地表上剩下蒂娜和四方院，兩個強大的兵器互相戰鬥，爆破的威力宛如核彈。

「切碎她，血鐮～咆嘯。」四方院揮出這一下砍擊中，一條紅色血液般的半月形衝擊波往蒂娜過去。

蒂娜則是用左腳由下往上踢擊，這道衝擊波被踢向空中後爆破。

「接招，諾瓦。」

蒂娜變身後的砲擊「諾瓦」回擊Y2。

「正好，試試威力吧，狂龍！」

兩道衝擊撞在了一起，發出了更大的爆炸，傷害互相抵消，留下大量煙霧。

「想不到，諾瓦竟然被抵消了。」

「看來Y3妳有著跟我狂龍一樣威力的技能啊？不錯，可以稱得上是熱身了，妳叫『蒂娜』？」

「是又怎麼了？」

兩人交互攻擊時，不停的用雙腿互相踢擊，猜測彼此下次攻擊位置，四方院並沒有多去思考這些動作，打鬥中的她在想著以前的過往。

對她來說，成爲Y型號的訓練一年比一年更艱難，對手幾乎都是Y型號的失敗品，稱爲T型號

「威力和實力只有Y型號的十分之一左右。」

四方院往往能不受傷的解決他們，雖然知道殺死的是人類，但自己毫無感覺。

「雖然跟你們無冤無仇，但是擋在我變強的道路上，只好讓你們成爲我的糧食。」

開發中的Y型號幾乎都會被洗去記憶，只有四方院是睜著眼睛，看著自己的肉體被實驗，那種決心使身旁的研究者都感到畏懼。

「這世界只要變強就好，夠強就沒有人可以欺負你，這就是世界的道理。」

「當年我非常懦弱、無助，沒人幫助，受了很多苦還被強暴，現在的我有了力量，誰也別想讓過去的痛苦重演。」

四方院看著眼前的蒂娜，心裡想著：「眞是很像呢！」10年來的生活。

我總離不開雪莉這女人，身體強化的各種測試與實驗，我總是哭泣著不想訓練，疼痛的裝置強化我的肉體，辛苦的訓練強化我的技能……但是不斷安慰我內心的是雪莉妳啊……

眼前這Y3眞的是妳孩子嗎？還有剛剛的男孩……就是妳當年說的兩位孩童？我爲了變強什麼都不想管，更不用說什麼朋友，家人也死光了，我的內心是無比的孤獨、寂寞，我只能依靠訓練來忘卻這些痛。

這些年，我唯一的精神寄託只有雪莉妳一位，妳在我最孤獨的時候，幫助我安慰我；在我實驗受傷時，療傷我支持我。孤獨讓我變得更強了……無人能敵的強大，孤獨與寂寞造就了現在的我，如有機會……我眞想喊妳一聲媽媽……

然而妳現在是怎麼了雪莉？怎麼會換妳被研究了？裝上一堆線路還沉睡著，我爲妳工作而不在的這段期間內，到底發生了什麼事情？眞的如同那傢伙所說，被這些叛亂分子干擾到必須由妳維持整體系統嗎？

我內心唯一承認比我強大的人只有妳，雪莉……快醒來，我很寂寞，我還想多跟妳說說話，如果，害妳變成現在這樣的人眞的就在我眼前的話……

我忌妒眼前的Y3，爲什麼她是妳的孩子？憑什麼是她？沒有跟母親相處過的雜碎，什麼都不知道的叛亂分子，竟然對我宣戰？

四方院內心思考的時間內，戰鬥依然持續著，忽然奮力鐮刀一揮……

蒂娜的右腳小腿被砍斷飛了出去，蒂娜立馬往後飛，斷裂的地方發出了漏電的「磁磁聲」。

「不錯嘛？少了隻腿還能面無表情，不愧是Y3。」

「Y2，妳到底是誰？這種強度從沒見過。」

「Y2？我雖然對於數字沒興趣，不過告訴妳好了，Y系列最前端只到我而已。」

「怎麼會？系統上明明是9位……」

「因爲我對於妳們的強度沒有概念、也沒有興趣，我只知道，我是至今爲止最強的。」

「不是還有Y1的存在嗎？」

「沒有那種東西，我上面就沒有人了，在妳面前的我，就是Y型號的頂端，聽好了！」

隨後自信的大喊：

「就是我，四方院！論戰鬥經驗、判斷、預判時機、反擊、靈活度，在Y型號裡面，沒有人可以跟我匹敵，當然也不准妳從高處俯視我。」

四方院瞬間跳起，出現在蒂娜面前，一個往下劈砍。

「嗯……嗯……」蒂娜完全來不及反應就被打落地面。

蒂娜身上的裝甲出現了戰損傷痕。背後隨即迎來一道衝擊波，雖然緊急閃開了，背後的翅膀還是被斬斷了。蒂娜慢慢單腳站了起來。

「我說蒂娜妳，口中Y2、Y2地說著，喊著強度多少、多強，那些數據在眞正的戰鬥經驗前毫無意義。」

「妳說Y1不存在……那殺死克萊絲父母的是誰……我明明測量到Y1的戰鬥力。」

「Y1？妳說的該不會是總部裡那位銀白頭髮的傢伙吧？」

「銀白頭髮？」

「如果是說他？那他才不是Y型號，那是最高層的研究博士而已。」

「那怎麼會測量出有強度……你們在隱瞞什麼？」

四方院大笑起來：「誰知道呢？那傢伙頂多偷了Y型號設計資料也把自己改造了吧。」

「妳說什麼？」

「不過妳不用擔心，因爲最強的已經在妳眼前，我上面已經沒有Y型號了，記住。」

四方院指著自己左胸下的編號繼續說著：

「蒂娜妳是在意這個編號嗎？這不過是當年妳母親問我喜歡哪個數字？我隨口說出來的2而已，不代表什麼，眞要說實力的話，妳應該叫我……」

Chapter 14
最強之敵Y2四方院

「Y型號編號『1』。」

「怎麼？我母親？怎麼可能？我從沒見過母親、也沒有記憶。」

「眞是……眞是……越看越不順眼啊，妳母親她從來沒有忘記妳，可惡。」

四方院斬出了絕招「狂龍」，連續數十道紅色斬擊襲來，但這次蒂娜就無法巧妙避開了。

蒂娜被其中一道斬擊砍中，嘴角流出血，胸前的白色裝甲碎裂，只剩內衣般的白色緊身衣。

「嗯啊……」蒂娜倒了下來，卻馬上奮力想爬起來，露出痛苦的表情。

「爲什麼是妳？爲什麼妳這麼弱的人卻是雪莉的孩子？理應是我才對。」

「妳說雪莉？」

「對，就是妳的母親，我已經四年沒和她說話了，我那麼的敬重她……她依然如此愛著妳、尋找妳……」

「妳是怎麼認識我母親的……告訴我？」

「妳沒有必要知道，只要沒有妳和妳哥，雪莉就只會在意我……我受的痛苦遠遠比妳們更多。」

「那我一定要打倒妳，四方院……然後見到我母親，問她一切的詳情。」

四方院抓起蒂娜的衣領，將臉靠近、看著她說：

「少說夢話了，小鬼頭……我可以輕易摧毀一個國家，至今爲止，被我消滅的反抗分子早就超過五個國家了，妳們還只是本國的叛亂組織而已。」

四方院隨後把蒂娜甩了出去，一臉唾棄的繼續說著：

「這就是我的程度，無人能夠匹敵，只有雪莉使我敬重……這世界唯一愛我的人只剩下她了……」

「我……一定要打倒妳，見到母親，爲什麼妳會在意我母親……論強度妳不是已經最強了嗎？」

「那是因爲還有一個原因。」

「什麼……？」

「我能輕易打倒一個國家，但是雪莉能輕易摧毀一顆星球，妳懂了吧？」

「怎麼可能……媽媽她……叫做雪莉？」

四方院口中的訊息意外地透露了部分的政府機密。

「也許我說太多了，那麼蒂娜，去死吧！這些祕密就當作是給妳的踐別禮。」

CHAPTER 15
三人的奮力一戰

同時間大量傷患湧進地下城，被拆除控制裝置、頭部受傷的百姓們陸續進入各個醫護所救治。

孝英以公主抱的姿勢抱著玲奈，衝進泰達博士的實驗室裡喊著：

「泰達博士，玲奈傷的很重，請趕緊治療她。」

博士立即檢查了玲奈的狀態，吃驚地說：

「怎麼會傷成這樣？這道傷口就像是被刀劈開似的，好，交給我吧。」

反抗軍僅剩二十餘人，對抗上千被控制的百姓已經用上全力，雖然沒有人因此死亡，不過也有不少人輕重傷。

克萊絲緊急補充刀械，多背了一把軍刀，並指揮著旗下弟兄。

安置湧進地下城的上千人口成爲嚴重問題，地下城目前非常混亂，人人緊張不安。

「我們輸了嗎？」

「地表上發生什麼事情了？」

「反抗軍被打敗了？我們死定了……」

眾人們不安地互相詢問狀況，因此傳出了各種說法與謠言，克萊絲拿起廣播器開始說著：

「不要緊的各位，我們反抗軍沒有被打敗，請不要再謠傳不實的謠言了，我們反抗軍只是先行營救地表上被控制的人們，請大家一起出力幫忙現場受傷的民眾，感謝各位了。」

各位聽到將領克萊絲的廣播後才安心下來，克萊絲隨後喝了幾口水，準備前往地表。

「孝英……你待在地下城吧，我去救蒂娜你別跟來。」

「這怎麼可以？我也要去救妹妹。」

克萊絲認眞地看著孝英說：

「這次的敵人是我們遇過最強大的，萬一我不幸死了，就由你繼續帶領反抗軍，成爲新的將領，大家才能繼續反抗，直到成功爲止。」

「不行。克萊絲，我不同意妳這主張，萬一我親愛的妹妹和妳都戰死了，那我也活不下去了……妳懂嗎？」

克萊絲嘆了口氣，露出微笑地拍拍孝英胸口說著：

「現在的我，如果是你和蒂娜死了，才眞正的活不下去，記得嗎？是你們兄妹把我帶回來的，讓我有新的理由活下去。」

克萊絲打開了地表上大門，啟動戰鬥戰衣，機能全開，轉頭問了後方正在啟動戰衣的孝英：

「孝英，如果現在是我在前線奮戰，你也會拼了命的來……救我嗎？」

「這不是當然的嗎？克萊絲，我們是一家人。」

克萊絲聽了害羞起來，頭轉向別處說著：

「走吧，裝置全開馬力追上蒂娜只要5分鐘。」

孝英和克萊絲飛快趕往前線戰場，剛起步沒多久，就能看到遠處有大量黑煙往天空竄去。

在蒂娜這時持續跟四方院交戰中。

「喝啊！」

蒂娜利用背部僅有的噴射裝置，快速漂浮移動，瘋狂往四方院砍擊，每一次攻擊都被鐮刀擋了下來，到目前爲止，四方院根本完全無損，只有染到一點灰塵而已。

「眞是不死心耶妳，蒂娜妳明明打不過，在強者面前爲什麼要這麼堅持？」

四方院超快速往前方狂掃出好幾道鮮紅半月形的衝擊波。

「該倒下了Y3，『血鐮——狂舞』。」

蒂娜的左大腿被砍中，皮膚立刻碎裂，身體多處也被這數道攻擊擊中，產生一堆傷痕，嚴重戰損使她開始漏電……

「嗚……噁……」

蒂娜往後倒下，望著天空表情痛苦，四方院奸笑著往她衝去。

「我馬上就幫妳解脫，砍下頭顱就不會痛苦了，死吧！」

鐮刀一揮，突如其來的軍刀擋在四方院的鐮刀面前。

「不准妳動我妹妹，有我在就不可能。」

孝英出現在四方院面前，用軍刀擋住了四方院的攻擊，同時數道風刃從四方院後方襲來。

「碾碎她，祕劍——飛燕。」

克萊絲斬出威力驚人的風刃，讓四方院跳開來躲避。

「看來該來的都來了啊，叛亂分子們。」

孝英往四方院衝了過去，奮力地揮砍手上的軍刀。

四方院則是用鐮刀回擊每一次的攻擊，但腳步卻慢慢在後退。

「雪莉，這就是你的孩子嗎？這小鬼的確滿有前途的，每次攻擊都帶了滿滿的殺意，不過……」

「還是太嫩了，小鬼！看招『血之花——萬里飛針』。」

四方院往孝英前方地面畫出半圓的血液，血液凝結成細針往孝英飛過去。

孝英見狀，飛快閃躲並用刀揮舞抵擋傷害，但身體多處還是被這血之針刺傷。

頭上突然出現一把鐮刀往下劈砍，孝英連忙用刀阻擋，使他整個人被壓制在地上蹲著。

「可……可惡……」

克萊絲瞬移到四方院左側，飛快地砍擊。

四方院則馬上跳開迎擊。

「果然最強的是妳啊，妳叫什麼名字？」

克萊絲沒有回應四方院的問話，繼續下一招攻擊。

「祕劍——龍舞斬！」

克萊絲瞬間消失在四方院的視線裡。

「怎麼會，這小鬼？去哪了？」

下一秒，克萊絲出現在在四方院後方上空，全身垂直轉圈、奮力往下劈斬，造成四方院背部受傷出血。

「噁阿！可惡的人類，別太囂張了。」

四方院才一講完，孝英已經揮刀靠在她脖子處，大聲喊著：

「拿下了！」

四方院揮舞鐮刀，往前用力一揮。

「不要太天眞小鬼，『血鐮——狂龍』」

強大的衝擊波往孝英迎面而來。

「噁……來不及閃躲了。」

克萊絲瞬間出現在孝英前方，往前揮砍一道『飛燕』風刃，但是還是沒能抵擋這次的攻擊，便直接用手上的軍刀，用力砍擊眼前的狂龍。

地面產生巨大裂痕，兩人被擊退數遠，克萊絲仍然堅定地注視著前方，手上的軍刀已經掉落地面、粉碎成碎片，嘴角流出了鮮血，身上多處嚴重擦傷。

「噁……噁……」

「克萊絲！」

孝英喊著身前的克萊絲，但卻沒有回應，只感覺到克萊絲在喘氣。

「眞是了不起的師傅，那小鬼頭的武藝肯定就是妳指導的吧，一般人類想接下我的狂龍，肯定早就連灰都不剩了，妳眼神戰意還在，不簡單啊。」四方院說著，慢慢從遠處往孝英走來。

「克萊絲，振作點。」

克萊絲倒地了，接下狂大威力的狂龍後深受內傷，目前直接擋下Y型號技能的人類，克萊絲還是第一位。

「孝英……快帶蒂娜逃走……」

「妳在說什麼？大家要一起回去！我一定會保護妳。」

「我要宰了妳，覺悟吧！Y型號。」

孝英往前衝，開始斬擊四方院，奇妙的是，每一下攻擊竟然都附帶風刃效果，揮出去的斬擊威力十足。四方院持續用鐮刀化解孝英打出來的攻擊，內心思索著：

「這小鬼速度突然變快了，傷害提升了？怎麼回事？」

四方院回憶起數年前在總部訓練的日子，雪莉也對她說過同樣的話，那時候四方院的訓練對象就是雪莉，但是自己的攻擊完全無法傷害到雪莉，常常懊悔自己的無能，懷疑自己根本沒有變強，還常常因爲訓練受傷，難受地掉眼淚。

「哎呀，四方院，妳眞的一次比一次還厲害了。」

「妳有非常強大的好勝心，一直在尋找方法傷害我，每一次都有明顯的進步，這樣下去，說不定妳可以來維持凡提亞的治安了。」

那些日子，雪莉總是我生活上的依靠，陪伴我走過來的就是她，某次的午休時還對我說：

「喔，對了，四方院……」

「未來有機會遇到我的孩子們，就麻煩妳指點他們成長，畢竟妳年紀上是大姊姊喲。」

記得在最後一次我要出征其他地區時雪莉好像有寄封信件給我，因爲太忙了所以沒時間看。

突然四方院被孝英的吶喊回了神。

「妳眞是無藥可救，面對敵人竟然還給我恍神想事情啊！Y型號。」

孝英的攻擊還在持續著，四方院用右腳踢孝英的軍刀，讓孝英整個人飛到了蒂娜身旁，完全跟克莱絲所在位子是反方向。

「嗯啊……」

「哥哥，你不要緊吧……」

「妹妹抱歉我來晚了，讓妳傷的這麼嚴重……」

四方院又停止不動，思索著雪莉當年寄給她的信件：

「這封信，是在我危急時刻寄送到你身邊的，政府正受到有心人士控制，甚至我也不例外，我一直認爲人類只要部分強化，就能阻止凡提亞的戰爭，但是有心人士企圖奪走人體改造設計藍本，進而研究、開發出所謂人造兵器Y型號，我根本沒有意願要製造這些兵器來讓凡提亞換來和平，我只改造了我自己，但是政府內部事情衆多，讓我一直無法出任務去阻擋外在威脅，只要能讓我出任務，甚至也不用改造任何人，只要我自己犧牲就夠了，但是藍本被偷走了，改造計畫也被強制執行，於是這時間點遇到了妳，也了解你的痛苦，我用我的技術改造了妳，但幾乎不影響你的健康，屬於人體無痛的進化。」

「雪莉她……」

四方院繼續讀取信件內容：

「四方院，妳屬於純粹肉體進化的強化人，不屬於兵器，妳想變強的心造就了強大的妳，這些強大都是妳自己不斷鍛鍊得到的成果，當你讀取信件時，我已經被控制了，政府已經被名為Y的計劃掌控，因為我腦內有很多的機密資料，他們企圖讀取我的資訊，讓我沉睡下去，如果妳在外面遇到了我未曾看他們長大的孩子們──那對兄妹的話……務必保護他們，拜託你了四方院，妳是他們的姊姊，我也一直一直的……」

四方院讀取到這邊時，看到了最關鍵的話，也是自己最想聽到的內容：

「我也一直一直，把妳當成我的孩子看待，妳要活下去，四方院……保護好他們。」

這時克萊絲拔出插在四方院背後的軍刀，往她揮去一道強大的風刃，直接使背部噴出血來，四方院當場跪地了下來。

「就是現在哥哥。」

四方院抬頭看著天上那對兄妹，蒂娜在空中握緊刀刃，憤怒喊著：

「覺悟吧，四方院！現在就斬了妳！」

「妳做了太多無法饒恕的事，蒂娜我斬了妳，爲了死去的孩子們。」

孝英也拔起大腿上的匕首，跟著妹妹跳躍在空中喊著：

「這是最後機會，妹妹，絕對不能錯過！喝啊」

「四方院！看招，這就是恍神的致命傷，倒下吧！」

兄妹兩人的奮力一擊，往四方院腹部砍了下去，快砍中時兩人發現，四方院突然把手上的鐮刀丟了，臉上露出了一點微笑，對他們兄妹說著：

「我終於遇到他們了，雪莉。」

這一瞬間兩人無法立刻停下手中的攻擊，奮力一人一刀往左右方斬下去，交叉的左後砍擊。

時間彷彿靜止了，這一瞬間，兄妹兩人好像看到一位名爲雪莉的女子，在前方對著他們微笑。

四方院看完信件最後的話是：

「孩子們就交給妳保護了，四方院，總一天可能與我爲敵，請不要憐憫，記得～我們約好了。」

「雪莉……」

CHAPTER 16 追尋的答案

四方院小聲的哀嚎了一聲「噁……」雙腿跪在地上，眼神不知所措地望著前方，看著攻擊後雙雙倒地的孝英與蒂娜，腹部被交叉砍了兩刀噴出了鮮血，此時內心思考的不是痛覺，而是懷疑自己長期被政府高層欺騙，竟動手傷害雪莉的孩子們。

孝英倒地後，身上的傷口流出更多的血來，身體不停的發抖，非常痛苦地看著前方的四方院。

「剛剛是怎麼回事？她好像故意把武器給扔了。」

倒在孝英旁邊的蒂娜爬起身子，看著四方院思索著：

「剛剛怎麼回事？竟扔掉自己的武器，就算是故意的，這次攻擊砍的有點淺，無法擊敗她……不好了……」

蒂娜開始變回原來的狀態，女武神型態解除了。

此時四方院對著蒂娜說著：

「妳真的是雪莉的孩子嗎？考驗妳的時刻已經開始了。」

蒂娜不明白四方院所說的意思，正打算詢問時，四方院向後倒下閉上了雙眼，腹部流出了更多的血。

「她是怎麼回事？這點程度應該完全殺不死她的，爲什麼要故意不打了？」

「機體裝置能源剩餘：6%。」

蒂娜查詢自己能源後掃描了四方院的機能存量後說著。

「根本是我們輸了……爲什麼不殺了我們？」

「Y型號：『2』四方院，機體能源存量約剩餘：68%。」

「我的全力竟然無法消耗她一半的體力……」

蒂娜說完漸漸閉上眼昏去，另一旁身體早已重傷的克萊絲使用最後力氣呼叫地下城的救援。

一小時後，現場所有人都被帶回了地下城緊急治療。

過了三天，孝英和克萊絲還在治療階段，受重傷的克萊絲昏迷至今還沒醒過來，坐在克來絲旁邊病床上的則是孝英，全身包紮多處傷口。

「這裡是？突然感到肚子好餓……」

已經修復好的玲奈從病房走了進來，手裡端了親手做的炒麵料理。

「孝英哥哥，你醒了？身體還好嗎？」

孝英看了玲奈手上的食物後肚子叫了起來。

「來快點吃吧，一定餓壞了，都睡3天了，這是我做的炒麵喲。」

「玲奈受傷狀況修復了嗎？」

「已經完全好了，要來杯茶嗎？」

孝英點了頭，用手摸了摸玲奈的頭，露出溫柔的表情。

「對了，蒂娜人呢？」

玲奈指著病房外，表情有些擔心。

「怎麼了？玲奈。」

「蒂娜姊姊很在意四方院的狀況，一直在現場觀望。」

孝英撐著受傷的身體走下床，玲奈扶著孝英走出了病房外。

一大群民眾聚集在大廣場中央，現場超過數萬人，廣場中間是一條巨大的鐵柱，四方院被鐵鍊各種綑綁，固定在鐵柱正上方，反抗軍弟兄忙著指揮暴動狀態的現場。

「殺了她。」

「惡魔，就是她殺了我丈夫。」

「打死她，不要放過她。」

「Y政府的走狗，處死她。」

渾身是傷的四方院閉著雙眼，四周不斷有人對她丟擲石頭。

「這是什麼狀況？」

「孝英哥哥，這已經持續三天了，大家拒絕幫四方院治療，決議要處死她。」

蒂娜在不遠處觀望著公開處刑，低下頭、握緊拳頭發抖，孝英見狀走了過去。

「妹妹，妳不要緊吧？」

蒂娜回頭一看，馬上抱著哥哥，左眼不斷的流著淚說著：

「哥哥，這樣的處理方式，你不要阻我，我不怎麼贊同這種方式⋯⋯」

突然蒂娜快速往現場跑去。

「妹妹⋯⋯」

四方院感受到石塊好像被什麼阻擋了，慢慢睜開眼睛，看到蒂娜正抱著她，阻擋憤怒民衆丟過來的石頭。

「妳在做什麼？這麼做對妳有什麼好處？」

蒂娜在四方院耳邊說著：

「妳其實一點都不想殺人不是嗎？明明放水了。」

「說什麼？事後安慰我嗎？省點力氣吧。走開，以免妳也被當成同類。」

「四方院，我還想跟妳聊聊很多事情，我感覺不到妳有殺意，爲什麼？憑妳的實力現場馬上就

化爲灰塵了，妳爲什麼要忍耐？明明能源根本沒什麼減少。」

「閉嘴，我不想讓現場知道這件事情。」

「爲什麼？四方院，妳要這麼做？」

孝英突然從蒂娜後方衝過來，叫大家不要攻擊，不要再丟石頭了，可是現場根本沒人理會這對兄妹。

「搞什麼？還幫助那個殺人魔？」

「果然被改造過的都無法回頭，會互相幫助，一起殺了他們。」

「這新來的新星果然是內奸，把敵人帶到我們地下城來。」

「對、對，不可信任，除掉他們。」

現場出現各種分裂的聲音，秩序難以維持，四方院笑著對蒂娜說：

「看到了吧，這就是人心，不管妳多努力，最後還是會被背叛。大家只不過利用你們兄妹而已，我以前的朋友棄我於不顧，讓我走投無路……我恨……」

蒂娜直接拔斷綁住四方院的鐵鍊，渾身傷痕的四方院往前一倒，被蒂娜抱在懷裡。

「對，我承認人心大多如此，人們爲了自保會往有力量的地方靠，可是夥伴和家人，我認爲可以突破這種黑暗面。」

「妳在說什麼？早晚會被背叛利用，上戰場的永遠是你們，不會是躲在這裡的雜碎們，明明是妳們上了前線，看看現在是什麼場面？」

「我都不在意，四方院，不要往黑暗面去想了，妳根本一點都不會說謊。」

蒂娜的這句話讓四方院想到雪莉也跟她說過同樣的話：

「妳根本不擅長說謊。」

「爲什麼妳會這麼認爲？我根本不需要家人和夥伴。」

蒂娜哭著對著四方院大喊：

「可是妳現在是孤獨的掉淚，用渴望夥伴和親情的難過臉孔在跟我說話啊！」

四方院沒注意到自己在流淚，眼前竟然有跟雪莉一樣看穿她內心的人存在……

這一刻，四方院也反抱住蒂娜說著：

「總算明白妳母親爲什麼要我出來找妳了，想不到……」

「回頭吧，四方院。現在還來的及，一起分擔妳遇到的痛苦寂寞，現在起……」

「我們就是一家人……不是嗎？」

「我眞的可以嗎？雖然我不在意我至今爲止殺了多少人。」

「對，妳做的事情的確不可原諒，但是妳能改變自己的未來，讓我們一起努力。」

「這個世界有未來嗎？」

忙著阻止紛爭的孝英也轉頭對四方院說著：

「當然有，未來掌握在我們手上，命運自己決定。」

「你們不怕我背叛嗎？」

蒂娜給四方院一巴掌，讓她突然愣了一下。

「不要再說這種話了傻瓜，以後的事情……是可以改變的，包含這現場的狀況。」

蒂娜原地奮力往地面打了一拳，地面瞬間爆破，產生一個大凹洞，四周人們頓時安靜了下來。

「我說，各位會不會覺得自己太過自私了？」

「戰於前線、和政府作戰的，是反抗軍和我們這些不幸被改造的兵器，才換來你們現在和平的生活不是嗎？從不髒你們各位任何手腳不是嗎？然而現在你們在做什麼？」

「看著一位可能改過的兵器，攻擊、辱罵，盡全力用所有能做的骯髒手段來排除她，說難聽一點，現在你們還是在我的保護之下。」

四方院靜靜地看著蒂娜的情緒爆發，完全不是她內心所想的那麼懦弱，繼續聽下去……

蒂娜慢慢往民眾走過去，現場民眾漸漸往後退，蒂娜看著這景象大笑了出來：

「哈哈哈，太可笑了，看看你們，眞正的懦夫是在場的各位，我爲什麼要保護你們？現在卻反過來傷害我，想排除我們這些被改造過的人類？因爲我們現在有能力可以殺人，是兵器的關係嗎？」

孝英意外地看著蒂娜情緒爆發的樣子，現場沒人講話，馬上安靜了下來。

「我再說一次，現場的各位，我和我哥站出來成爲反抗軍、對抗政府，是隨時可以喊停的，妳們再差不多一點，再現實一點啊！各位？怎麼沒人講話了？剛剛的罵聲呢？」

「只要再有石頭丟過來或是怒斥聲，我就馬上滅了地下城，殺光你們所有人，聽清楚了？我沒有開玩笑。」

「惡魔。」這一聲由一位中年男性小聲講了出來。

蒂娜聽到了立馬將左手變成巨大砲管對準這位男子開始集氣，四周人見狀馬上奔跑退散開了。

「我說過了，你們要知道我跟你們不認識，殺光你們，我也是完全沒感覺的。」

「妹妹快住手。」

孝英急忙安撫現場民眾，但是蒂娜完全聽不進去，繼續向大眾說著：

「也許四方院說的部分是對的，在力量面前，人們善良的心都會被藏起來，爲了保命，現場連跌倒的孩子都沒人照顧……」

蒂娜左眼流下了淚水，持續難過地對大眾說著：

「請各位改變吧，收起自私自保的心態，就有機會拯救身邊未曾聽到的求救聲……」

玲奈跑到蒂娜身邊，用雙手壓下蒂娜舉起的砲管說：

「姊姊夠了，大家都嚇壞了，我知道姊姊不是這樣的人，非常的善良，玲奈我求妳了……」

「玲奈妹妹……」

姊妹抱在一起慢慢跪倒在地上，這些畫面四方院都看在眼裡，但沒有做出任何表態，內心想著：

「雪莉想讓我遇見妳，也許是想治療我內心眞正的痛……現在我可能有些明白了，蒂娜我認同妳了……」

「請各位看清楚了，我妹妹蒂娜她是非常正常的人類，卽使被改造成恐怖的兵器，但仍然是人類，有著善良的心，帶回來的這一位四方院也是，都有機會回頭幫助我們大家渡過難關，爲什麼要逼死她們？大家這樣做請問……請問？」

孝英向四周大喊著：

「這樣圍剿她們這些女孩子做什麼？逼她們反過來傷害你們嗎？你們這些行爲，跟Y政府有什麼不同？」

「也許四方院殺死你們親人、朋友，不可原諒，我能理解妳們的憤怒，但請以大局爲重，不要把人逼到絕路，難道不靠她們一起努力幫忙，我們就能獲勝了嗎？」

「對，這也是利用她們，也是一種自私，但是讓她們幫你們報仇，取回眞正的自由，爲了這個凡提亞，互相一點，請各位想清楚了，沒有我妹妹蒂娜奮戰，大家現在還能活著、站著嗎？」

「好了，哥哥別說了，我們離開吧，我累了。」

蒂娜扶起虛弱的四方院慢慢往醫院走去，前方民衆退開、讓了路出來，蒂娜對著左右人們說著：

「謝謝……謝謝。」

蒂娜後方跑出一群當初在第三研究所被救出的孩子們以及父母親們，對蒂娜的行爲拍手叫好。

「謝謝大姊姊帶我們回家。」

「多虧有你們，我孩子才能回來。」

「謝謝你們拯救我，讓我回到爸媽身邊。」

衆多的感謝聲浪不斷，四方院感覺到蒂娜正在感化這一些令人恐懼的黑暗內心世界，慢慢找到一絲光明力量的可能性。

CHAPTER 17

各自的內心

蒂娜扶著四方院來到泰達博士的研究所，請求博士治療四方院。隨即離去回到自己的女子宿舍裡，關上了房門，難過地蹲坐在床角。房裡並沒有開燈，她努力想讓自己複雜的心情平靜下來，不斷思索著：

「什麼跟什麼？太現實了，實在太過分了。」

「我們反抗軍衝上前線，這麼辛苦奮戰，死傷慘重，爲了什麼？」

「原本不該是這樣的生活……都是那噁心的政府計畫，我們反抗軍該用什麼心態繼續下去？」

蒂娜難過得哭了出來，開始認爲自己不該這麼努力，拿生命保護地下城的人們，卻換來現實般的回應，感覺就是利用前線有戰鬥能力的人性命來換取自身安全，就因爲帶回一位可能成爲同伴的敵人，自己當場就被當成同類看待。

另一邊，反抗軍仍維護著現場秩序，要求聚集的民衆退場，孝英和玲奈也在現場幫忙清理被亂丟的雜亂垃圾堆。

孝英看到正在掃地的玲奈背後，衣服上沾了一堆破雞蛋液，髒兮兮的，馬上問著：

「玲奈妹妹，妳背上……那些是？」

玲奈馬上用笑容回應孝英：

「沒事的，孝英哥哥，只是雞蛋罷了，等等我會洗乾淨的。」

孝英立馬拿塊抹布幫玲奈擦拭背後的蛋液。

「可惡，那些人太過分了，玲奈明明沒做錯事……」

玲奈抓著孝英正在幫她擦拭的手，接取手上的抹布後，摸了一下孝英的臉頰說道：

「哥哥眞是溫柔呢，玲奈沒事，不要在意。比起這些，你還是先陪伴在克萊絲姊姊旁邊吧。」

「可是玲奈……」

「玲奈這就去把衣服洗乾淨，別擔心了，小事情而已。」

玲奈微笑後跑離開現場，隨後拿取了換洗衣物，往女子浴室跑去，這些動作被其他民衆看到，玲奈跑進其中一間單人淋浴室後，把門關起來，靠在門牆上低下頭來。

隨後，門外有好幾桶水潑了進來，把玲奈淋了一身濕，傳來一堆女性民衆諷刺的言語：

「機器人還需要洗澡？」

「滾出去，不要引敵人過來。」

「這裡不是你們這些異類可以住的。」

「還我老公命來，廢物。」

「是不是內奸？滲透我們人類啊？」

「死死好，機器防水嗎？」

浴室內的玲奈不發一語，內心無比難過，一位年紀只有14歲的女孩，就體驗到社會的現實黑暗面，外面吵鬧了好一會兒，才平靜下來。

「沒事的，孝英哥哥、蒂娜姊姊，玲奈很堅強……」

「蒂娜姊姊接納了我，讓我有新的家人也有好的哥哥……」

「這對於玲奈我來說已經是無比幸福的事情。」

「跟這些小事比起來……眞的不算什麼。」

內心無比堅強的玲奈，開始梳洗自己，但要開門時發現打不開。

「咦？怎麼門卡住了？」

浴室門被各種廢棄物雜物堵住，可見是外面女性民眾所爲，玲奈想了一下微笑著說：

「就只是大家的惡作劇而已，沒事。」

一拳揮下去直接打爆浴室的門，衝擊力波及到外面，造成巨響嚇到外面的民眾，孝英看到玲奈從女子浴室走了出來，便跑了過去問道：

「玲奈，發生什麼事了？」

「沒什麼事情，哥哥，只是浴室門故障打不開，所以用了點力，造成慌亂非常對不起，等等我會收拾的，我先回宿舍囉。」

孝英看到玲奈離去的背影，感覺到事情不是這麼簡單，懊惱著到底該怎麼做才好？反抗軍還沒革命成功就要開始內部分裂了嗎？

玲奈回到房間東張西望地看著黑漆漆的內部，心想：

「奇怪，燈怎麼是關的？蒂娜姊姊睡了嗎？」

玲奈隨手開了電燈，才剛走進去就發現蹲坐在床角的蒂娜，左手拿一般料理用的菜刀砍著自己的右手臂，不時換砍自己的雙腿，難過地哭泣。玲奈看到這個畫面立刻撲上去，搶走蒂娜手上的菜刀丟到地上。

「姊姊妳在做什麼？爲什麼要這麼做？」

蒂娜看到玲奈，左眼的眼淚流的更厲害了。

「玲奈妹妹……」

「姊姊怎麼會自殘？玲奈我不接受這種行爲，這麼突然……」

玲奈跪在床上讓蒂娜投入自己的懷裡，繼續說著：

「沒事的，姊姊！不要這麼做，妹妹陪著妳。」

「妹妹，如果我們是正常人，就不會有這些待遇了，我們一直都是很正常的人類，卻被變成了這樣，不如原本就沒手沒腳，還能用人類的身分活下去……嗚……嗚……」

「蒂娜姊姊，千萬別這麼做，沒有必要爲了那些外在言語來傷害我們，我們一直都是正常的人類，我們是一家人，有我和孝英哥哥，妳不是孤獨的。」

「妹妹……」

玲奈摸著蒂娜耳朵上的耳環說著：

「這對耳環是我們成爲姊妹的證明，姊姊……不要往黑暗面去想了。」

「妹妹妳的遭遇明明比我更加痛苦萬分，卻比我還堅強許多，我眞的不知道以後該怎麼面對其他人，我眞的不知道我該用什麼心態……」

玲奈摸了摸蒂娜的頭，微笑的說：

「這種時候只要笑一笑就好，不要胡思亂想。」

「玲奈……」

姊妹兩人抱在一起，感情此時更加的濃密，更加的愛惜彼此相處的每一刻。

再另一邊的病房裡，孝英坐在昏睡的克萊絲旁，儘管身上一堆傷口還在疼痛，還是繼續陪在克萊絲旁邊。

克萊絲的眼睛慢慢睜開，望著天花板，轉頭看到孝英說：

「孝英……這裡是？」

孝英激動蒂抓起克萊絲的右手，雙手握著親吻，這動作讓克萊絲臉紅起來說：

「你這是做什麼？快放開，被看到就不好了。」

「傻瓜，克萊絲，妳這個傻瓜……」

孝英越說越激動：

「爲什麼要接下那恐怖的攻擊？妳不知道有多危險嗎？萬一死了怎麼辦？」

克萊絲慢慢坐了起來，便用手捏了孝英的臉頰說著：

「對呀！萬一你死了？怎麼辦？」

「克萊絲……」

「孝英你這個笨蛋！萬一你被殺了，我才要問你該怎麼辦？所以沒什麼好猶豫的。」

孝英向前抱著克萊絲，這動作也讓克萊絲用雙手環抱著孝英。

「教官，看看妳傷成這樣，萬一沒醒來我們反抗軍怎麼辦？擔心死我了。」

「孝英，不是還有你在嗎？」

「我根本遠遠不夠格，帶領反抗軍我這種菜鳥，根本辦不到。」

兩人放開彼此後，克萊絲笑了出來，繼續說著：

「想不到，當初的自負個性，現在變得這麼謙虛了，還記得我們第一次見面的時候嗎？」

孝英抓了抓後腦，不好意思地說著：

「抱歉，眞是人不可貌相，我錯了，當初不該看不起妳的。」

「人不可貌相？那你現在把我看成什麼樣子？」

孝英小聲的說著：

「一位……大……美……人，正坐在我面前。」

克萊絲慢慢靠近孝英，在孝英左臉頰上親了一下，這行爲讓孝英臉紅得發熱。

「果然是色鬼，臉紅的跟蘋果一樣。」

「才……才沒有，只是這裡太熱了。」

克萊絲頭慢慢轉向別處，沒看著孝英說著：

「這親吻也是我的第一次，從沒做過這種行爲……讓我有點害羞起來。」

「謝謝妳，克萊絲……」

畫面轉到泰達博士研究所。

「眞是驚人啊，四方院。」

四方院頭上接了多條線路，腹部的傷口竟在短時間內，快速自我修復。

泰達博士看著坐在床上的四方院，傷勢恢復速度如此之快，全身機械部分只占不到10%，但皮膚在戰鬥中，卻可以硬得與鋼鐵匹敵。

「有什麼好吃驚的，泰達？」

四方院從以前就認識泰達博士，從泰達博士叛逃之後，也開始進行追捕。

「四方院，妳竟然會故意停下動作不殺生，還跟百姓玩扮家家酒，眞的不像妳。」

「少囉嗦，只是沒能源了，不打了。」

泰達博士一邊打著一旁的電腦，繼續說著：

「到底是什麼原因？讓你有興趣停止殺戮？妳根本從頭到尾都在裝弱而已，能源還有約7成，也有著很強的自我修復能力，說缺點嘛……只有一個。」

四方院接著說：

「自我修復使用過度，等同在減少我的壽命是嗎？」

「當然，畢竟妳的改造是雪莉親自動手的，如此完美的人造人，身體也幾乎是肉體，妳爲什麼要裝虛弱？裝輸？剛剛外面的場面，以前的妳早就全殺光了，還會被丟石頭？」

「好了，泰達。我的事少說一點，我只是在測試雪莉的女兒。」

「喔，蒂娜嗎？」

「是啊，眞是神奇的孩子，舉動有些出乎我意料，竟然會幫助敵人。」

泰達博士接著說話，慢了下來：

「妳是不是從蒂娜身上看到了雪莉的身影？懷念了。」

「老頭，少囉嗦，不許說出去我會砍了你。」

泰達博士笑了出來持續說著：

「我本該就是該死之人，不然我叛逃做什麼？話說妳現在不抓捕我了嗎？」

四方院靜靜地看著自己的雙手，一段時間後說：

「已經不用了，我改變主意了，看來雪莉被控制了，政府有事情瞞著我。」

「四方院，妳也發現了嗎？」

「是啊，明顯和以前說的Y計畫內容有所不同，被扭曲了事實，我會求證的。」

「現階段四方院妳也發現我們的據點了，妳想怎麼做？」

「不怎麼做，我不會再聽命於政府了，自己決定就好，我想多接觸這些孩子們。」

「這樣我就放心了，四方院，妳的強大是Y政府公認的事實，現在妳如果倒戈，相信他們也不

敢馬上做出行動。」

四方院暫時待在泰達博士的研究所裡休養。

另一方，Y政府內部正在執行一項開發實驗，好幾位研究人員正在努力測試新的開發案，Y政府高層頂端有八位不知名人士，正在談論著恐怖的內容。

「想不到會發現當時泰達的研究資料。」

「這個開發成果理論是正確的，我們即將研發出完全機械體的兵器。」

「泰達這傢伙以爲銷毀當時的Y兵器架構圖，沒想到在這個地方被發現。」

「持續進行吧，就快完成了，一旦成功將可能直接滲透那些反抗軍內部。」

Y政府的開發案究竟是什麼？

克隆來襲

CHAPTER 1 短暫的和平

姊妹兩人擁抱在一起，玲奈想藉由自己的開朗個性給姊姊分散憂鬱的內心，於是站起身來打開衣櫥開始翻找衣物，蒂娜對於玲奈這舉動感到奇怪。

「妹妹，妳在找什麼衣服嗎？」

玲奈隨即翻出一件白色的洋裝看了看，要姊姊站起身來試穿衣服大小。

「姊姊……不用多想這些負面情緒了，我們都是人類而且是再平凡不過的女孩罷了。」

玲奈把白色洋裝放在床上後，拿張椅子到房間外面微笑的對著蒂娜說著：

「希望姊姊不要再自殘了，如不喜歡現在的樣子，就裝扮一下就好，玲奈來幫妳剪個頭髮吧。」

「剪頭髮？」

「是呀！我對於打扮還有點自信，我來幫姊姊打起精神改變一下外貌，我們是一家人不是嗎？」

玲奈帶著蒂娜來到女子宿舍外的樹下開始修剪頭髮。

「我還是第一次有人幫我剪頭髮，平常我都是自理的。」

「那我還眞是榮幸能幫姊姊剪頭髮，放心交給我吧。」

另一方面孝英和克萊絲正在談論反抗軍接下來的打算。

「克萊絲，反抗軍現在將領只剩下妳了，擔當這重任實在不容易，有什麼我能夠幫忙的就告訴我吧。」

克萊絲在病床上拿了記事本，開始預備接下來的抗戰計畫，這短暫的時間裡，陸續有其他反抗軍弟兄進病房慰問克萊絲的身體狀況，因爲沒有人眞正和Y型號交過手，克萊絲已經是剩下來唯一的將領。

「不好意思，讓各位擔心了，我身體沒事大家先出去吧，我安排好計畫後會告知各位。」

房內只剩孝英和克萊絲兩位，克萊絲用非常溫柔的表情看著孝英說著：

「孝英，你的實力確實變強了，但是有時候一時大意就會馬上丟了性命，下次別做這麼危險的動作，萬一四方院打從一開始就想殺了我們，相信我們現在也無法像這樣談話了。」

「我知道了，不過當下我認爲是最好的機會了，想不到那個四方院竟然會放水？到底是……」

「這點我們會查清楚的，可能她發現了什麼突發事情就不打了。」

克萊絲不經意的把手上的筆折斷，斷裂的筆掉落地上才反應過來，自己的情緒非常不穩定，淚水在眼眶中打轉，孝英看了立卽安撫著說著：

「克萊絲，一切都會沒事的……」

「不，我當下太沒用了，我苦練的技術竟然在敵人面前，只有被對方當成暖身運動都不如……」

「不是這樣的克萊絲，這次的敵人非常強大，連蒂娜都沒辦法壓制，還差點全軍覆沒，這不能怪妳，那怪物本來就強過頭了……」

這時候病房門一打開走進來隨口說道。

「眞是不好意思，我就是那個怪物，小鬼頭。」

四方院突然走進病房嚇壞孝英和克萊絲，其他醫護人員則馬上躲到一旁，孝英看到立卽想拔出軍刀被克萊絲制止。

「孝英！慢著，別動手。」

四方院看著眼前的孝英笑了起來。

「果然你這小鬼還是太嫩了，旁邊那女孩比你機靈多了。」

孝英憤怒的回應：

「妳說什麼？四方院，妳來這裡做什麼？」

「孝英，夠了！別吵起來，她根本沒有殺氣不會殺了我們的，如果真要動手早在病房外連同病房一起斬成平地了。」

「說的不錯，妳叫什麼名字？小女孩。」

「我叫克萊絲，現在是反抗軍將領。」

「將領？確實有點能耐，當下的攻擊常人很難辦到，所以這小鬼也是妳指導的嗎？」

「沒錯，妳來找我們是有什麼事情嗎？四方院。」

四方院看了看四周，看著孝英突然散發驚人的殺氣，讓孝英和克萊絲無法動彈，強大的壓迫感迎面而來。

「這是……」

孝英被這壓迫感壓的喘不過氣，慢慢跪在地上，克萊絲則是抱著胸口低著頭，滿臉痛苦的表情。

「就這點程度而已嗎？繼續磨練吧小鬼頭，還有克萊絲妳也一樣，憑你們這點能耐別說是當反抗軍了，連Y政府周邊都攻不進去就會死光了。」

四方院停止了殺氣的釋放，現場的人類才能正常呼吸和喘氣，隨後離去正要關門時低語著：

「為什麼？我以前就沒有夥伴這種東西？這世界如此不公平，對吧？」

病房內沉默了一會，對於壓倒性的實力，壓迫的所有人講不出話來，克萊絲捏了孝英臉頰才讓孝英回過神。

「醒醒，沒事的，孝英。她沒有要殺我們的意思。」

「抱歉，克萊絲還好妳剛剛阻止我，差點引發戰鬥。」

「我們還要持續努力的訓練，目前還遠遠不夠，只要她想隨時會滅了我們。」

「那我們來的及嗎？克萊絲。」

「所以我打算等我們傷勢好的差不多時，我要把你先提拔起來擔當新的反抗軍將領。」

孝英對於克萊絲突如其來的決定感到驚訝。

「這可不行……我還遠遠不夠資格，剛剛妳也看到了，我吭都無法吭一聲。」

克萊絲拍了拍孝英後背繼續說著：

「可是你卻有勇氣迎戰敵人，企圖把不可能化為可能不是嗎？帶領反抗軍最需要的是什麼？就是勇氣。」

「勇氣可不能當飯吃，就剛剛妳說，的我衝動萬一戰死了怎麼辦？」

這時候克萊絲用右手食指點了一下孝英的鼻頭微笑的說著：

「孝英，我不會讓那種事情發生的，相信我。」

四周病房人員突然感到愛情四射，紛紛離開了病房。

女宿舍內的蒂娜剪完頭髮經過整理梳洗並穿上玲奈選的洋裝後，還簡單的幫蒂娜化了妝，整個變了個人似的，蒂娜看著鏡子前的自己，不敢相信這是自己的樣貌。

「妹妹……這是我嗎？」

「是的，姊姊一直都非常美麗，現在感覺如何？心情是不是好很多了呢？」

「謝謝妳玲奈，我還是第一次有人幫我打扮幫我剪頭髮還幫我選衣服……」

蒂娜內心的黑暗面頓時消散而去抱著玲奈。

「這不是妹妹應該做的事情嗎？我們是正常的人類，姊姊什麼都不要去多想，出去逛逛順便吃點東西吧。」

姊妹走出戶外來到了地下城的商店街，地下城的交易方式都是卡片刷卡付款很少有現金的存在，玲奈發現蛋糕屋外有位年紀非常小的小男孩望著玻璃內的蛋糕發呆便走了過去。

「小弟弟怎麼了？想吃蛋糕嗎？」

這位小男孩看著蛋糕價格又看了自己的卡片表現的不知所措。

「我……我不夠錢。」

「那你爸爸媽媽呢？」

「我沒有爸爸媽媽，我只有姊姊可是她去工作，要我自己買東西吃。」

玲奈直接掃瞄了一下這位男孩的卡片金額只有30元，但是每一個蛋糕最便宜也要250元。

「小弟弟卡片借姊姊一下。」

玲奈拿著卡片感應，「金額變動修改」，「100,000」，隨後還給小弟弟。

「好了，你現在可以買蛋糕囉！這是姊姊給你的吃飯錢要省點用喔。」

「謝謝姊姊。」

隨後玲奈走回到了蒂娜身旁。

「妹妹妳剛剛改了那男孩的卡片金額吧。」

「是的，對不起姊姊，雖然我知道這是不對的，我還是……想幫助他。」

玲奈看著眼前小男孩開心的買完蛋糕，不斷的對玲奈揮手道謝。

「妹妹沒關係，這世界已經不用太過於講道理了，我們認爲是對的就好。」

蒂娜發現玲奈握緊的手有在發抖，隨手牽起玲奈。

「我妹妹眞是善良，一點錯誤的行爲就這麼在意無法原諒自己。」

於是兩人找了間看起來不錯的下午茶咖啡店坐在店外的桌椅上，突然來了一位意外的客人。

「請問我能坐這邊嗎？」

出現在蒂娜她們眼前的是四方院，但是外表已經梳妝打扮過，完全換個人似的，根本看不出來是前不久才戰鬥的敵人。

「化妝的功力眞的太恐怖了。」

「四方院妳怎麼回事？當下怎麼沒殺了我們，現在演的是哪一齣戲？」

「蒂娜妳火氣眞大，妳媽媽脾氣明明很好的。」

「我母親？」

「是啊，想必妳有很多事情想問我，對吧？」

四方院看了一下一旁的玲奈後繼續說著：

「妳就是那個Y6吧？叫做玲奈？我想問的是妳，當初爲什麼要隱藏實力？不想發揮出來嗎？」

蒂娜對於四方院的話感到奇怪，當初的戰鬥狀況，玲奈明明被一招（狂龍）擊敗倒下，爲什麼會講這種話？

「閉嘴！Y2四方院，我不想回答任何有關於我的資訊。」

「這點還眞讓我好奇，明明有跟Y3一樣程度的實力卻沒有爆發出來，妳在等什麼？」

玲奈對於四方院口中說的神祕力量感到氣憤。

「不可以，那種力量不是拿來殺人的！」

「爲什麼？我不是敵人嗎？」

「不對，我們都是人類不可以這樣殺來殺去。」

四方院停頓了一會。

「人類嗎？以前也有人跟我說過一樣的話。」

蒂娜對於兩人的對話聽不太懂，難道玲奈有隱藏實力沒有發揮出來？聊著桌上擺滿了糕點和奶茶。

蒂娜和玲奈根本還沒有下單說要吃什麼，桌上卻擺滿了食物，正要起身去問店員時卻被四方院阻止。

「不用去了，這是我下的單，一點小意思，讓我們來閒話家常吧。」

由於三人都有梳妝打扮過，對於地下城其他百姓一時之間認不太出來是反抗軍的Y型號，終於可以像個正常人類的吃東西聊天了。

「爲什麼不殺了我們？現在還請我們吃東西？妳有什麼目的？」

蒂娜開門見山的直問四方院。

「因爲妳母親委託我保護你們，以後看到你們要保障你們兄妹的安全。」

「為什麼？我母親是誰？」

「妳母親是Y政府最強大的存在，名字叫做『雪莉』。」

四方院說著正要拿起紅茶喝的時候看了下紅茶色澤，然後望了一下四周，一瞬間就發現紅茶被下了劇毒，竟然有地下城的人企圖毒死她。

蒂娜和玲奈看了四方院的反應，又看了一下自己的奶茶和紅茶，都有偵測到毒液成分，店員竟然主動跑了過來，緊張的告知飲品不要喝，可能被偷加了東西，要幫我們換掉卻被四方院阻止。

「不用換掉了，這點毒素算什麼？地下城難道只有搞這些小動作嗎？」

四方院故意把話說得很大聲，隨後用叉子刺了一下自己的手指頭，分別在自己和蒂娜及玲奈的飲品內，滴了兩滴自己的血液後用湯匙攪拌。

「好了，可以喝了，我的血液無論碰到什麼毒素都能分解成無毒的蛋白質，所以本身毒就沒有用。」

玲奈看了四方院的舉動判斷她不是敵人，而是有很多隱情卻無法一時間說完，給了四方院一個微笑。

「謝謝妳，看來妳根本沒這麼壞。」

四方院一臉很不屑的說：

「我也沒說我壞過吧？不用特別爲了這些小事，壞了這美好下午茶時光。」

在旁人眼中平凡不過的三大美女，喝了下午茶吃著糕點有說有笑的，這是長時間戰鬥以來唯一的和平時光，無論這時間有多長，都非常值得珍惜。

視角轉回地點（白浪鎮）Y政府方高層區域

Y政府高層從地表（白浪鎮）派出了新型的Y型號兵器，身後還跟隨大量機甲兵，前往地下城的方向進軍，這一路上到處可見反抗軍的屍體，這一路領軍的強大Y型號正往反抗軍靠近。

（白浪鎮，數天前）

「終於完成了，啟動後立刻投入實戰。」

「這可是泰達博士遺留的關鍵設計藍本啊。」

一位少女從樣品間走出來，面無表情看著四周，一臉無知懵懂的面孔進入這個新世界，自行掃描了自身狀態與能力後，看著眼前的男人對她說。

「快去穿好衣服我的新孩子。」

少女看著上方多位高層大叔的面孔後說著：

「兵器？那是什麼？我是誰？」

「妳是我們Y政府的新兵器，而妳叫做Y型號：6『玲玲』」，再來幾天經過我們幾項測試後，就聽命去消滅反抗軍，殺了叛逃的Y型號。」

「我叫做玲玲？Y政府是我的誰？我存在的價值是什麼？」

「我們是妳的父母也就是創造妳的人，妳必須聽命我們爲我們效力，這就是你存在的意義。」

「Y政府是我的父母，我必須效力？」

「對，玲玲妳是最棒的兵器，現有的Y型號絕對打不過妳，當然也有做了其他同伴，妳可是我心血研究中，最強的Y型號克隆體。」

玲玲望了周圍，掃描編號竟然有：Y型號3，Y型號：8，自己編號則是：6

這位少女長相跟玲奈極爲相像，穿上政府的女軍裝後說著：

「不用其他人跟我執行命令，我自己就可以了。」

「玲玲竟然這麼有自信，性格上的確跟設計藍本的玲奈有很大的不同，過幾天測試妳的實力後就派妳出去玩吧，記得帶回Y型號：6的遺體來給我。」

玲玲看著對他說話的人掃描了資料。

「名稱：蓋諾瓦，Y型號克隆體最高指揮官，必須服從命令。」

「蓋諾瓦？」

「對，我就是妳的父親，製作妳的人，妳必須爲我效命懂了嗎？玲玲。」

「Y型號：6，玲奈是誰？」

玲玲對於自己也是Y型號：6感到不解，那另一位對於自己來說，又是什麼存在？

「那是你必須消滅的敵人，只要妳殺死玲奈，妳就能取代她的存在，一切只管聽我的。」

「只要殺死Y型號：6玲奈，我就能取代她的存在？她有比我還強嗎？」

「玲玲妳可以完全展現妳的實力，我最棒的實驗成果就是妳，去消滅反抗勢力，讓我們統治整個凡提亞。」

「我只要消滅Y型號：6就能獲得眞正的存在……」

Y政府所製造的克隆體系列終於現身，強大的力量企圖鎮壓整個凡提亞，恐怖的戰爭一觸卽發。

CHAPTER 2 真相揭露

凡提亞的Y計畫，由於相遇Y型號：2（四方院）後，扭曲的部分眞相即將尋得答案，Y計畫目的是帶來和平還是一場殺戮，一切謎團正在解開。

「請妳告訴我，我媽媽人在哪裡？她又是誰？」

蒂娜渴望即刻得到母親的任何資訊以及所在之處，全力向四方院打聽消息。

四方院隨興的吃起幾口蛋糕，眼神望向四周看了看又沉默了一會兒，接著對視著蒂娜。

「我把妳母親當成我親生母親一樣看待，雪莉她……救了當時想尋死的我，給予了我活下去的希望，蒂娜……妳知道地球嗎？」

蒂娜立刻回答道。

「地球？據說是好幾千年前人類所居住的原始星球。」

「對，地球就是當時人類的居住地，後來因為戰爭殺戮而無法生存，殘餘的人類逃離了地球，前往這數千年前就一直在製造的巨大宇宙殖民地（凡提亞），妳母親也是，說是凡提亞的神明也不為過。」

「媽媽她是神明？」

「因爲妳母親可是活了數千年以上的歲月，幾乎不老也不會死，屬於最強大的單獨個體，維持著（凡提亞）的和平，目的是帶給人類眞正的和平，終結一切戰爭，但最終沒有做到，現在也是變成了殺戮星球。」

「媽媽活了數千年以上……怎麼會？那爸爸不就也活了千年？」

四方院聽了蒂娜的回應後，不禁大笑了起來。

「……當然不是，這也是數十年內才發生的事，雪莉愛上了人類也就是妳的父親，才有了你們兄妹。」

蒂娜被四方院這突來的資訊驚訝到快說不出話來，原來自己母親年齡，早已經是數千歲了。

「妳會吃驚也是正常的，換成是我也會非常驚訝的，強大的雪莉竟然也逃不過愛情的束縛，然而生下了你們，就在20年前和平的政府發生異變。」

「異變？」

「對，政府高層開始反駁雪莉的和平方案，開始有計畫的建立另一股勢力。因爲凡提亞已經和平數百年以上的關係，雪莉當下認爲只是小事都可以和大家談妥。」

說到這，四方院表情漸漸嚴肅了起來。

「雪莉她爲了不讓人類戰爭再度爆發，預先執行了（Y計畫）。也就是超人類強化計畫，必須由雪莉自己選出的人類，並親手強化肉體，得到超乎常人的力量，維持不法分子的叛亂。」

「先等一下，四方院，Y計畫不是開發研究者個別執行的嗎？」

「所以到這就被扭曲了一切的開端，那些政府走狗打從一開始就知道了雪莉的計畫，一直等待她執行，藉此偷取技術自行開發，就可以自己建立新勢力，妳資料庫的資訊打從一開始就是假的，都是被改過的虛假資訊。」

「這事情媽媽她難道不知道嗎？」

「雪莉是知道的，只是當時研究人員開發的都是全機械次品，並沒有用人類去做實驗改造，由於沒有危及生命，雪莉她沒有加以干涉那些研究者，畢竟能拿到的技術是雪莉放出來的微弱技術，只能說故意給他們偷皮毛而已，以爲讓他們偷到眞技術。」

「那我不就是次品……」

「不算是，因爲妳父親好像有中途干涉了妳的開發研究，額外偷偷給了妳雪莉的力量。」

「是女武神型態……嗎？」

「那就對了，妳父母也是愛妳的，人類的活體開發是雪莉不允許的，但是雪莉那時候已經常常莫名沉睡。」

「沉睡？」

「妳母親，近年來出任務後，常常任務內容更改，原本不用殺人變成要殺人，我也懷疑任務內容被改過了。由於是雪莉的任務，我也沒過問，當我回總部時，雪莉總是溫柔的對著我說，辛苦了。」

四方院這時露出了點殺氣表情凝重起來……

「雪莉是那麼的溫柔……從沒驅使過我殺人，我問過她怎麼回事？卻只有回復我，別擔心我會處理的，那些……骯髒的走狗們一定是對她做了什麼事情……」

蒂娜思索了一會兒後。

「媽媽她活了數千年，爲了給予人類眞正的和平所使用的Y計畫，在我看來本該是由她本人親自強化人類才對，卻被有心人士偸取皮毛技術，進一步改造無辜人類成爲生化人。」

「蒂娜，就是妳想的這樣，所以資訊早已被扭曲了，妳現在的資料庫資訊可能都不是事實。」

「四方院，那我得趕快想辦法救出媽媽不是嗎？」

四方院聽了搖搖頭回應著：

「救？應該是接出來才對，雪莉的強大遠遠超乎妳的想像，現在看起來只是睡著了。」

「那我們該怎麼辦？突襲政府機構嗎？」

四方院嘆了口氣。

「我們籌碼還不夠，依照現在你們反抗軍的程度，卽使有我幫你們也未必能進入到終端區域，先籌備戰力吧！」

玲奈一臉無神低著頭思索著沒有介入談話。

（四方院大姊所說的，除了蒂娜姊之外，那我不就是所謂的皮毛殘次品嗎？可是泰達博士卻不是這樣告訴我的，開始回想之前的情況。）

時間回到玲奈被四方院打傷運回地下城救治的時間點

泰達博士努力幫玲奈處理被損毀的雙臂和身上的裂痕，玲奈表情非常痛苦。

「玲奈振作點會沒事的，我一定會再一次修好妳。」

「博士……」

「先別說話，我馬上更換雙臂，腦部持續注射糖分和養分。」

泰達博士手忙腳亂的處理程序，其他工作人員也跟著泰達忙翻天。

「話說玲奈……妳爲什麼不使用那股力量？那也是爲了保護妳自己，一旦使用後實力絕對可以跟四方院匹敵的。」

「不……不可以，那恐怖的力量我自己都無法控制，博士幫我拿掉那種力量，我自己並不需

要，對我來說這力量才是眞正的殺戮……」

「傻孩子，妳眞的太善良了，這力量是爲了保護妳自己以及你心愛的家人或朋友，解決敵人最後的底牌。」

「這力量實在太恐怖……連我自己都無法控制，博士請你拿掉它，不要讓這種恐怖的力量存在我身體裡。」

「玲奈……這個我無法答應妳，總有一天在一個重要時刻，妳會祈求這力量幫助妳度過難關，妳自己可以選擇不用，但是危急之時沒有什麼比自己和家人的生命更重要就該使用。」

「你說這些難道Y政府不會有這力量嗎？一樣會帶來殺戮的。」

「不，玲奈妳不是次品，妳是Y型號特有的完全型態就跟四方院一樣，只是肉體太脆弱當時全毀只保住腦部，可惜不是雪莉那怪物親手強化，不然妳已經登天了。」

「我聽不懂你在說什麼？博士……」

「所謂Y型號是比T型號更強的改造體，當然分成上品跟次品是對於妳們的不尊重，政府眼裡妳們只是工具，所以我不能繼續犯錯，妳們是生命，是人類，我要給妳最好的生活，反抗那些企圖破壞和平的傢伙們。」

「博士，你還沒回答我的問題，這股力量政府不會有嗎？」

「玲奈，妳放心吧！這股力量Y政府絕對無法複製或量產，眞能做到也只有雪莉，但是雪莉是蒂娜和孝英的母親，她不會這麼做的，妳大可放心。」

時間再度回到了現在

此時，玲奈內心想著：

（必須救出其他Y型號的人類，這樣下去還分什麼上品次品簡直把生命當玩笑。）

（好險我當時沒有使用這股力量，不然打傷四方院大姊姊後，才知道她不是壞人。那我該怎麼辦？）

（不對，不是打傷四方院大姊姊該怎麼辦的問題，而是這力量是最後底牌，應該說我當下使用的話……殺了四方院我該怎麼辦？這些重要資訊也就問不出來了。）

蒂娜看著玲奈低頭毫無反應便伸手搖了搖妹妹的肩膀。

「妹妹妳怎麼了？看妳從剛剛都不說話，抱歉都聊一些妳無法介入的話題。」

「沒……沒事的。姊姊，我只是正好在想事情。」

四方院看了蒂娜和玲奈後說著：

「眞好啊！妳們2位，不是同父母也能互稱姊妹，眞是讓我羨慕。」

蒂娜拿起紅茶壺幫四方院倒茶後微笑地說著：

「四方院，我們不是已經是姊妹了嗎？」

「蒂娜，妳是認眞的嗎？我可是前不久才要殺死妳們的敵人。」

「我不想去想之前的事情，四方院論年紀我還要叫妳大姊不是嗎？玲奈，妳覺得呢？」

「我沒有意見……蒂娜姊姊同意的話，我也會把四方院當成家人。」

「等等，妳們2位實在是……」

四方院眼角竟然流下了淚水，表情卻是微笑的。

「這還是我四方院久違的體驗，親情這情感還眞是溫暖，謝謝妳們2位妹妹。」

兩天後，地下城廣播宣布了，孝英成爲新的反抗軍將領，受到弟兄們的熱烈鼓掌，當然也有不少民衆認爲不關他們的事情，只要保護好他們現有的安定生活卽可，誰當將領都對他們部分人士來說根本無所謂。

「謝謝大家，雖然我程度尙淺，我會努力保護大家的！」

「哥哥好厲害，竟然成爲將領了。」

「孝英哥哥成長眞快，太強了，恭喜喔！」

蒂娜和玲奈對於哥哥的成長給予祝福，這些畫面當然在四方院眼裡。

（這樣就成爲將領？小鬼別自信過頭，還嫩著呢！）

這句話四方院沒有說出來只有給予孝英一個假笑。

反抗軍都會固定時間派遣偵查隊前往地面勘查敵人的動向，每次偵查小隊以6人爲一組。近日，偵查隊人數卻回來的越來越少，傳出死傷慘重，紛紛表示地表上居住區域建築、公園、廣場、大街小巷，根本跟戰場一樣被破壞的如同廢墟的存在，看不到什麼活人。

偶爾會帶回受傷的百姓或失去父母的孩童，但是帶回的地表百姓都會先被地下城人們要求隔離，全身檢察，深怕是Y政府的陷阱，孝英對於此隔離行爲表示反對，但基於安全問題只能同意。

時間很快的又過了10天。

某天傍晚偵查的先遣隊只有回來1人，且全身重傷被急忙救治，克萊絲詢問之下發現偵查隊在地表距離地下城更遠的區域，南部位置受到了疑似Y型號的攻擊，自己則是唯一活下來的。

但是，這位倖存弟兄最後還是傷重不治。得到的最後訊息是這位Y型號竟然是玲奈本人，這讓玲奈很錯愕，因爲自己根本沒有離開地下城半步，這資訊當晚傳開後，便讓地下城造成了更嚴重的後果。

大量民衆抗議玲奈就是Y政府派來的走狗，揚言殺了她，不然地下城的人都會有危險。蒂娜和四方院的話根本沒人會信，因爲同屬於Y型號無法獲得地方百姓的認同。大多數的百姓則表示，不趕出地下城唯一辦法就是隔離起來。

直到四方院發怒威嚇現場才平息一會，畢竟在絕對力量之下的四方院，沒有人敢再吭聲。

孝英和蒂娜極力安撫玲奈，玲奈表示習慣了看很開，自己不是很在意，但這是騙人的，玲奈心裡可是著急的不得了。

（這是怎麼回事？受到我的攻擊？地表到底發生什麼事情？）

玲奈在意的不得了，自己從沒傷人殺人，對付的都是機器，自己只是14歲的小女孩，天眞善良無比，絕不會做出傷害無辜生命的行爲。

時間到了半夜3點多，下一批的偵查隊小組正準備要出發時，玲奈卻在出口處等待他們。

「那個……各位大哥大姊，讓玲奈我跟著你們去吧！因爲我實在很在意。」

玲奈行動並沒有告知蒂娜和四方院以及其他反抗軍弟兄，想到蒂娜姊姊好不容易平復心情，又出這種事情，自己先查個明白。

偵查隊員討論後同意讓玲奈一同前往，畢竟有個Y型號照應總是好的。這次偵查隊共7人，半夜天還沒亮就出發，前往事發最爲嚴重的南部區域。

這路途非常遙遠，卽便最高速度移動也要花上4小時。當玲奈等人來到了目標地點，發現這裡其實是一般的休閒場所，四處都是一堆大型商場建築，然而現在被破壞的已經跟廢墟沒兩樣。

才偵查沒多久，四周突然出現大量機甲兵開始攻擊偵查隊，一位反抗軍全副武裝受訓後卽可對付這些機甲兵，能夠成爲反抗軍士兵都是傑出的人才，但是眼前陸續出現的機甲兵數量越來越多。

「機甲兵（雙機槍型）FG型號，隸屬Y政府軍事單位，威脅程度（一般）。」

「啟動裝置能源解放30%戰鬥模式。」

玲奈搜尋完資料後開始攻擊，快速的揮拳一瞬間就打爛一台機甲兵，如同撕碎紙張般的速度。

正當以爲可以應付時，聽到一位弟兄痛的尖叫，玲奈才轉頭一看，一位穿著Y政府軍事服，長相跟自己極爲相像的女孩，一手揍了偵查隊其中一員後，身體瞬間燃燒成灰燼，偵查隊直接死亡一名，這位女孩小聲的說道。

「炎拳。」

隨後視線也對上，看著玲奈慢慢做出格鬥的動作，玲奈搜尋這位跟自己很像的敵人身分。

「Y型號：6（克隆體），隸屬單位：白浪鎮最高指揮部，代號『玲玲』。」

玲奈憤怒對著眼前的未知Y型號叫喊著：

「妳到底是什麼東西？爲什麼可以這樣殺人？妳到底是誰？」

（克隆體玲玲）看著玲奈說道：

「妳就是那個『Y型號：6，玲奈』嗎？妳現在不是查完我的資料了嗎？至於殺人那是什麼？不是任務嗎？」

玲奈此時怒斥。

「任務？爲了任務殺人？妳難道不會恐懼不會難過嗎？」

「本機我不具備情感這東西，爲了任務我才有存在的價值，玲奈我要討伐妳。」

「討伐我？爲什麼？」

「任務是消滅叛亂分子及故障的Y型號，因爲消滅玲奈妳，我才能成爲眞正的存在。」

玲奈完全無法理解玲玲到底在說些什麼？

「眞正的存在？妳到底是什麼東西……不是人類嗎？爲什麼長相跟我這麼相像……？」

CHAPTER 3
Y型號VS克隆體

「妳到底是何方神聖？……Y型號？」

玲奈對於眼前長相跟自己極為相似的女孩問道，但是眼前的敵人不為所動。

「我叫做：玲玲，Y型號：6。」

玲奈對玲玲的回答表示驚訝。

「怎麼會這樣？6應該是我……」

這時地面產生晃動，一看便知是這位自稱Y型號6，名為『玲玲』的敵人所散發出來的驚人殺氣。

「我才想問呢？為什麼妳這種貨色是我的本體？而我才是克隆體？到底憑什麼？」

玲玲說話的語氣顯得非常憤怒，但卻面無表情。

「克隆體？那是複製體的意思，所以玲玲妳是……」

玲奈此刻才驚覺不妙大喊：

「快，大哥大姊，你們快撤退，快逃回地下城告訴姊姊她們，現在這女孩不是你們可以對付的敵人。」

玲奈激動喊著要剩餘的偵查隊同伴趕緊撤離現場。

「玲奈小妹妹，強悍的敵人看來只有一位，我們一起協力拿下她吧。」

「說的沒錯，在眾多敵人裡看起來有堅強的實力只有這位了！」

玲奈再次掃描目標：

「目標：Y型號：6（克隆體）-玲玲，威脅程度：無法判斷，機體戰鬥值354%」

「機體戰鬥值355%。」

「機體戰鬥值356%。」

（怎麼會……戰鬥值竟然持續上升中……）

「威脅程度：無法判斷，剷除目標機率：0。」

「叫你們快撤退，聽不懂嗎？敵人威脅力已經高過我的估算值，不可能打敗她的。」

玲奈話才一說完，玲玲已經消失在玲奈視線裡，下一秒玲玲已經出現在玲奈身旁一腳踢入玲奈腹部。整個人瞬間被擊飛出去撞擊附近廢墟產生爆破。

「玲奈小妹妹……可惡！妳這小鬼，別以爲妳是女孩子外表我就會手下留情，看！招！」

剩餘的5位偵查隊反抗軍們，一起不約而同的往玲玲所在的位置衝過去。

「目標：反抗軍一般士兵，威脅度：低。」

「你們就是所謂的反抗軍嗎？看起來不怎麼樣……立刻剷除你們。」

「炎拳——鳳舞。」

玲玲一瞬間快速往四周揮拳，速度快到彷彿有多隻手同時對四周攻擊，每次揮拳都有強力的火焰往攻擊方向噴射出去。

「嗯啊……」

一瞬間的時間，玲奈奮力爬起身一看，偵查隊弟兄們已經全身著火燃燒，恐怖的速度讓反抗軍毫無反擊餘地。

「大家……可惡，饒不了妳！玲玲。」

「機體裝置能源啟動：80%。」

「喝啊！」

玲奈快速往玲玲揮拳和腳踢，在玲玲眼中如同慢動作一樣，輕易的閃避了所有攻擊，然而在玲玲眼裡她持續觀察著玲奈，擁有自己卻沒有的情感。

「目標：Y型號：6，玲奈。機體戰鬥值：158%。」

（這就是玲奈嗎？我的本體竟然只有這一點程度……然而我卻只是克隆體？）

玲玲往玲奈揮拳，雙方拳頭互撞產生驚人的暴風後，拳頭被擊飛的卻是玲奈，兩人互毆的碰撞力道，一直是玲玲占上風。

「玲奈爲什麼妳會具有情感？情感又是什麼？我不明白自己存在的價值不就是服從命令嗎？」

玲玲開始對於情感產生興趣詢問同爲Y型號的玲奈，爲何有她所沒有的東西。

「妳在說什麼？只要是人，也就是人類當然會有情感，會痛會哭會笑，妳到底是誰？」

「我不明白，情感的意義是什麼？其他生命又跟自己有什麼關係，自己的價值才是最重要的不是嗎？」

兩人打鬥中開始陸續對話，但是沒有停下來談話，都是超快速的互相揮拳互相閃避。一邊看著對方的眼神說話，這在正常人類是辦不到的，現場產生拳頭撞擊和雙腳互踢的強力風壓，四周牆壁和地面開始破裂產生大小不一的裂痕。

玲奈的攻擊幾乎沒有打中玲玲，揮拳不是被閃避就是被玲玲用手掌接住。似乎完全不畏懼玲奈所發出的80%機體威力，然而玲奈的閃躲成功機率只有玲玲的3成。

在這場打鬥中大多是身體被擊中，產生不少戰損。

「人類會有情感，會有家人、朋友，生活也是多樣化也可以自己決定，但絕不能殺人！這是不對的！」

「什麼是家人？朋友又是什麼？這些資訊我完全沒有資料，妳是故障了嗎？Y6玲奈。」

「我才沒有故障，因爲我一直都是人類！玲玲，既然妳想知道什麼是情感，就停下來聽我說。」

玲玲此刻眞的停了下來。

「妳是人類？那我又是什麼？我爲了什麼而存在？我爲了什麼？」

玲玲又開始奮力攻擊，但接下來的比之前更猛烈，讓玲奈開始招架不住。

「玲玲，妳現在這就是憤怒，妳也擁有情感的，妳不是機器。」

「炎拳──亂舞。」

「機體裝置啟動至100%。」玲奈啟動了機體100%能源機動，奮力抵擋玲玲的攻擊。

（可惡，無法完全預判到玲玲的攻擊節奏，突然又換了，好棘手的敵人。）

玲奈奮力一擊，正好擊中玲玲胸前不過還是被快速被雙手抱胸擋住。

「給我擊飛出去吧，猛虎──霸王。」

這一拳成功擊退玲玲，往後飄移了50公尺停下。玲奈很驚訝全力的一拳都可以讓Y4飛到數公里遠，竟然對上自己克隆體只有這般程度。

「可惡……才擊退這麼一點距離。」

遠處的玲玲慢慢放下胸前的雙手看著玲奈說著：

「很不錯的威力，這就是資料所記錄過的霸王拳嗎？的確有點威脅力。」

「妳到底是什麼怪物，就算是我的克隆體，也未免強過頭了吧！」

玲玲飛快跑至玲奈面前，右手一手抓住玲奈的脖子，把玲奈整個人舉了起來，左手飛快往玲奈腹部揍了數下。

「嗯……妳這冒牌貨……放開我。」

「冒牌貨？克隆體？太諷刺了。」

玲玲右手握力的力道增強了，玲奈奮力想掙脫開，可是雙手力量卻不如玲玲的一隻手臂，玲玲卻有了情緒上的改變。

「Y6玲奈妳說說看，憑什麼？妳是我的本體？」

「論強度、力量、速度、反應能力，我都遠遠超越妳，但是爲什麼？我就是沒有妳擁有的這份情感？」

「是不是我只要解決掉妳，我就可以完全取代妳，成爲眞正的Y型號6？」

此刻，玲奈背後數台裝甲兵對準玲奈開始射擊子彈，這動作完全惹毛了玲玲，玲玲直接快速的把玲奈丟至一旁，雙手擊落射過來的無數子彈掉落地面。

「我說你們這些機甲搞什麼？我有說過要你們幫忙嗎？難道認為我會輸給Y6玲奈嗎？這攻擊是什麼意思？你們認為我會輸嗎？」

話一說完，玲玲衝向機甲兵快速揮拳，一台又一台機甲兵瞬間被玲玲打成了廢鐵，這行為玲奈看在眼裡。

「妳擁有情感的玲玲……而且非常的……好勝。」

玲玲聽到轉頭看著玲奈回話：

「妳說什麼？我有情感？」

「對，妳這就是人類情感之一的『憤怒』」，妳不想成為替代品，妳只要活出妳自己就好。」

「住嘴，我是Y6玲玲，妳不能取代我。」

「我沒有要取代妳，我們都是各別一個人，從來不是同一個個體。」

此時，附近有隻野狗對著玲玲搖尾巴，一看是隻非常小的貴賓狗，玲玲看了走向這隻貴賓狗看了又看，便蹲了下來摸了摸這隻狗的頭，這景象看在玲奈眼裡根本跟人類一樣，絕對有人類的情感，儘管是超高AI智慧也是會自我學習成為真正的人類。

「玲玲，妳會想殺掉這隻狗嗎？」

「這不是目標。」

「我問的是妳的本意。」

「這……不是我的目標。」

突然玲玲痛苦蹲下抱著頭。

「幹什麼？這命令跟我任務無關，爲什麼我要這麼做？」

玲玲彷彿被遠方下令殺掉現場所有生命，玲玲明顯正在抗命。

「玲玲……妳怎麼了？」

玲玲痛苦的往旁邊地面揍了一個大洞，自己卻抱起狗兒放進洞口裡，又在洞口上方用一堆鐵板蓋住。

「Y6玲奈……我必須解決妳……我必須……討伐妳……」

「玲玲妳怎麼了？」

「狗狗……是……是無辜的。」

「無辜，妳竟然知道這個詞，妳果然有情感，振作點玲玲快點抗命。」

「只要解決妳……我就……能夠做我自己。」

玲玲眼睛瞳孔變成紅色，講話方式也開始改變明顯受到更高層的控制，開始執行殺戮動作。

「Y6玲奈，果然對付妳要強制隔離玲玲智能自動學習情感的機制。」

玲玲此刻的聲音改變了，變成一個中年大叔的聲線對著玲奈說話。

「你是誰？你竟然可以控制玲玲跟我說話？」

「我是Y政府的人，我叫『蓋諾瓦』也是克隆體研究本部的部長。」

「蓋諾瓦？」

「搜尋資料：蓋諾瓦，資料不詳。」

「你一個大男人竟然控制一個女孩，眞是變態噁心，快點解除玲玲的意識！」

「克隆體果然不能學習情感，會變得太有人性化，我要將妳回收研究，玲奈。」

「你做白日夢吧！噁心的大叔。」

「是嗎？現在起就直接毀了妳，再帶回屍體卽可，妳沒有拒絕的權利。」

「你試試看……Y政府別想帶走我。」

玲玲雙手開始冒出火焰，雙腳四處的地面也開始冒煙。

「我現在就解除Y6玲玲的裝置能源限制，讓妳看看有多厲害，早已超越強盛的妳，強大的威力也足以取代妳，這戰鬥機器不錯吧。」

「別用玲玲的身體跟我說話，你這噁心鬼，我會殺了你。」

「Y型號6（克隆體），機體戰鬥值550%，各能力值超過本機，方案：立卽撤退。」

算。

這是玲奈查出的，此時玲玲的能力值高過自己太多了，無法抗衡，但是完全沒有要撤退的打算。

「我不會逃走，開什麼玩笑。」

「哎呀，不逃？那就準備送死吧！」

玲奈往玲玲衝過去奮力右手揮拳，卻輕鬆被玲玲的左手接住拳頭，玲玲瞬間舉起腳玲奈發現到也馬上舉起，互相產生強大威力的踢擊。

「喝啊！我要打敗玲玲破壞你這遠端控制裝置，救回玲玲。」

在玲奈奮力的踢擊下，她的右腳小腿出現裂痕。最終還是輸給玲玲被踢飛出去，玲奈被擊飛的同時玲玲並沒有停下攻擊，反倒是追了過來持續揮拳，玲奈被擊倒後玲玲往上一躍，對準下方的玲奈一個高處飛踢。

「去死吧！玲奈，足踢——爆炎。」

這一擊的飛踢被玲奈巧妙的躲開了

「沒想到妳反應還眞快，玲奈小妹妹。」

「我才……才不會……被打敗。」

因爲劇烈的打鬥使得周圍地表居民紛紛逃離，這些都被被操控的玲玲看得一淸二楚。

「沒想到這區域，還有這麼多研究材料實在太棒了。」

玲玲開始往周遭揮出遠程炎拳。小型拳頭般的火球擊中目標會爆炸，威力約是手榴彈的等級。

「快住手！」

玲奈持續往玲玲揮拳，但都完全被閃避掉了，一下也沒打中。

「放棄吧！玲奈，妳機能資料我們完全了解，妳不會是玲玲的對手。」

玲奈身上戰損越來越慘重，走路開始緩慢起來，但是每次倒地都會站起來持續奮戰。

（再這樣下去我阻止不了玲玲，怎麼辦才好？）

「玲奈怎麼啦？開始連路都走不穩啦？」

（該怎麼做，搜尋任何可行的方法……）

「系統：啟用（進階戰鬥模式）即可消滅敵人。」

（不……不可以，不可用這種力量。）

玲奈內心不斷思索著，非常痛苦。

時間回到先前泰達博士第2次修復玲奈的時間點（Y2戰開始）。

「玲奈……我在第一次修復妳的時候，那時請妳殺了我，讓妳替自己和家人報仇，可是妳卻原諒了我。」

「博士，怎麼還提這件事情？都過去了……我原諒你了。」

「修復妳的時候我實在不忍心，內心也很憤怒妳被傷成這樣……所以我當時就給了妳Y政府最高層的祕密檔案，一位叫做雪莉女人特別的力量。」

「雪莉？」

「沒錯，那是Y政府最機密的中心人物，其研究資料更是機密中的機密，當時雪莉給了年輕時的我，便告知我。」

（這力量給予眞正需要的人。）

「當時我就安裝在妳體內，這次對上四方院爲什麼不使用？儘管有些限制。」

「博士……我……不想使用這種力量，對我來說……這才是眞正的殺戮。」

「說什麼呢？玲奈……我原本是打算給妳這力量後，好讓自己可以贖罪。請妳殺了我，沒想到妳是如此的善良。」

「博士……對不起。」

「我眞的不想再看到妳受重傷了，必要的時候爲了妳自己也爲了妳的新家人。」

時間回到了現在。

「看來眞的沒辦法了……」

玲奈走路搖搖晃晃的，身體多處受損。

「妳終於投降認輸了，玲奈？」

「我要說的是……你！死！定！了！」

「這是掙扎嗎？玲奈，別再逞強了！」

玲奈最後的大喊。

「這眞的是最後的機會了，把玲玲還給我，我就不殺了你。」

「你在說什麼？現在要被打倒的是妳，玲奈。」

「玲玲……抱歉了……妳……千萬要活下來啊！」

執行命令「限制器解除」。

系統「限制器已解除：確定啟動？」

「確定。」

「啟動：攻擊模式，即將進入拳皇狀態。」

天空開始漸漸黑了，所有的白天景色此時此刻化爲了夜晚，蓋諾瓦眼中的玲奈產生了巨大的變化。

玲奈身體發出金色粉末般的光芒，外表開始巨大變化，衣服幻化成精美的緊身連動服，瞳孔和頭髮變化成金黃色亮麗的外表，。此時此刻震撼了眼前所被操控的玲玲，因爲這完全是Y政府所沒有的資訊。

螢幕前的蓋諾瓦還沒看清眼前的狀況，在來不及反應之際，直接被看不到的拳頭一拳擊飛出去。

金色閃電般的速度，一位少女從天而降，大地也隨之晃動，金色銳利的雙眼。

「拳皇降臨。」

CHAPTER 4
拳皇降臨

天空變黑了，四處打落無數道閃電，但是卻沒有下起雨，響亮且轟動的雷聲響徹整個地表。

之前泰達博士說過，無法同意拆除玲奈體內的這股力量。原因是玲奈太過於善良，不過是位14歲的小女孩，對於生命看待的很重視，完全不會想要去殺戮或做分明是不對的事。但也就因爲這個善良的個性，可能會在遇到危險時，因爲一時的善良而害自己喪命。

這股強大的力量對於玲奈有著絕對性的限制，最重要的也是爲了保護自己。就算在逼不得已之下，玲奈也絕對不使用。但如今這股神祕的力量終於被攤在陽光下。而這一切都被Y政府派來的無人機記錄下這一刻，令人意外目睹這驚人的景象。

被打飛的玲玲再次爬起，玲奈已經站在她眼前，再度一拳擊飛玲玲。玲玲剛剛明明看到自己被擊飛，但眼前畫面卻一直都是玲奈在自己面前，用無法捕捉到的揮拳速度攻擊著自己，正因爲無法捕捉攻擊，玲玲只能一直防禦阻擋自己受到攻擊。

「怎麼了？現在後悔也來不及了……自己生命操作在敵人手裡，蓋諾瓦你覺得滋味如何？」

蓋諾瓦遠端控制著玲玲只有控制意識，玲玲是靠本身機體反射動作的作戰，並不能指揮玲玲怎麼攻擊、如何出招，透過玲玲的視線，蓋諾瓦掃描眼前這怪物的戰鬥能力，自己也從未見過。

「怎麼可能？這是Y型號嗎？爲什麼當初在複製妳的時候沒有查到這力量的存在。」

玲奈聽了之後，情緒越來越憤怒。

「你現在還想複製我嗎？一切都太遲了，當我決定讓這力量展現時，自己已經無法……保證敵人能活命。」

「玲玲的100%裝置的戰鬥能力，應該是接近音速了，爲什麼無法捕捉到妳的速度？」

玲奈在玲玲面前如同發光了一樣，身體散發著金色閃電，轟雷震耳。

美麗的黃色服裝，紅寶石般的法冠，豔麗的樣貌，完全跟之前是不同人。

美麗的金髮及金色瞳孔凝視著眼前的玲玲。

「你還沒搞清楚狀況嗎？蓋諾瓦。」

「妳說什麼？小鬼。」

玲奈再度快速連續揮拳，玲玲則只能用雙臂阻擋。在蓋諾瓦眼中攻擊只揮了一下，但在玲玲機體內顯示當下受到的傷害次數爲35次，雙臂受損42%，戰鬥機能下降31%。

鬥。

「覺得很訝異嗎？是不是看到不可能的事情發生了？」

玲奈啟動了這力量後性格明顯發生了變化，變為更為黑化不再對於敵人憐憫，真正的投入戰鬥。

（拳皇降臨——超越音速的存在）玲奈。

「現在有沒有覺得恐懼害怕，蓋諾瓦？」

「可惡！這不可能……我一定要查出妳的能力值。」

「Y型號：6、身分：平民、名稱：玲奈，機體戰鬥能力值測斷1050%。」

「1050%……怎麼可能？Y型號類別裡面沒有這種數字。」

蓋諾瓦繼續利用高端的程式調查了眼前的玲奈戰鬥實力為所有Y型號排行位序是多少？

這個一查下去連同身旁的其他高層人員、研究人員無法置信的結果。

「Y型號序位6，實際測量值超過1050%，為目前所有型號之最高素質。」

「測定結果：目前單位Y型號序位：1，消滅機率：判定不能。」

這結果令大家瞠目結舌，因為這結果出乎大家的預料之外。

「測定結果：目前單位Y型號序位：1，消滅機率：判定不能。」

「不可能……這絕對不可能！」

在蓋諾瓦眼前的畫面，彷彿自己就是玲玲，面對這超高能力值的敵人完全束手無策，無論玲玲怎樣的反擊，每一次的攻擊都被玲奈輕鬆躲開，玲玲身體也持續受到玲奈的揮拳攻擊，機體能力變得越來越差出現很多戰損。

「你們這些惡人，查夠了沒有？還不把玲玲意識恢復？還在查我這不重要的資料？」

玲奈一手抓住玲玲踢過來的左腳，直接把玲玲甩上至高空中，從玲玲視野往下看，早已看不到玲奈的身影。玲玲抬起頭往上看，玲奈已經出現在自己位置的更上方。

「Y政府，聽好了！因爲我現在的速度已經超越音速了。」

「看招！超越音速之拳，光速的狂獅——霸王拳。」

玲奈的右手充滿了黃色粉末狀的光輝，奮力打出了一拳，黃色光輝衝出形成了一隻猛獅往玲玲飛撲過去，這畫面其實是玲奈的一拳而已，畫面彷彿一頭兇猛的獅子的猛撲。

這一擊玲玲被擊落地面發生巨大的爆炸，蓋諾瓦的畫面也因此中斷，強勁威力破壞了玲玲頭部的遠端控制系統。

在這同時，其他遠端高空的攝影監控裝置飛行器，也幾乎同時因被破壞而失去畫面，數十個畫面，只剩下最後一個畫面能看到玲奈。

玲奈憤怒的看著這監控裝置說著：

「被速度震撼到了嗎？玩弄他人生命，操作他人，這是可以被原諒嗎？等著吧！我要殺了你們。」

「現在覺得恐懼彷彿自己生命此時此刻受到威脅了嗎？」

「現在正式超越音速，『拳皇玲奈』就是我。」

玲奈話一講完最後的畫面中斷了，顯示數十個監控全被擊毀。

此時在，Y政府研究室中的蓋諾瓦起身奮力拍打桌面說著：

「怎麼會這樣？當初研究資料沒有這股力量的資訊，拳皇？這是什麼鬼東西！」

「想必是泰達那傢伙手上的Y型號資料是我們這邊所沒有的資訊，難道是雪莉的嗎？」

四周的研究人員紛紛竊竊私語。

「雪莉不是在沉睡嗎？而且資料根本偷不出來。」

「對啊，反抗軍是怎麼做到的？這樣威脅很大。」

蓋諾瓦此時大聲吼著：

「好了，你們都給我住嘴，馬上把這資訊傳達給『狄薩爾』知道。」

此時，在戰鬥中的玲玲恢復了意識。

「現在……這是什麼情況？」

玲奈就站在倒地的玲玲身旁，一臉無神的看著她。

「玲玲歡迎回來……不過請妳快逃，拼死的逃吧！我拜託妳了……」

「妳是玲奈嗎？這外表實在是……跟剛剛完全兩個不同人。」

「玲玲，快逃！」

玲奈奮力一腳抬起重力擊下，玲玲急忙跳開來。

「身體機能受損51%，機能解放率：100%，機體能源剩餘：43%。」

「怎麼回事？我機能怎麼會全力了，還受到這樣的傷害，我被控制了嗎？」

玲玲做出反擊並說著：

「妳竟然會有這種力量，不過，不要太小看我，玲奈。」

「炎拳奧義——狂虎」

玲玲使用自己最強大的奧義招式，雙手著火撲向玲奈同時出拳，但是這些動作玲奈絲毫沒有打算迴避，一樣用雙手接住且握住玲玲火焰的雙拳後說著：

「玲玲，都叫妳快逃了！快點，不然妳會死的！」

隨後，玲奈舉起一腳踢向玲玲的腹部，玲玲當下雖然馬上反應也想出腳，但是速度差距太大，玲玲的腳根本還沒抬起來就被踢飛出去。

遠處倒地的玲玲完全不是玲奈的對手，但是玲奈卻也沒有手下留情的跡象。

「爲什麼……妳會有這種力量而我卻沒有，爲什麼你要我逃？妳在可憐我嗎？」

玲奈則是流下眼淚回應著：

「不是的，我根本不想要有這種力量，眞的絕對不想，連我自己都無法控制。」

「無法控制？」

話還沒說完，玲奈身體又自主的開始攻擊玲玲，瞬間音速揮拳，玲玲完全無法閃避且全被打中，身上多處破損衣服也破損不堪。

「因爲這個力量不到萬不得已，我絕對不使用……快逃，哪怕有一絲機會撐到時間到。」

「……時間到？」

「對，快逃，我根本無法控制自己的身體，這力量有著絕對性的條件。」

玲奈流下了無盡的淚水，在上次的維修後終於可以像正常人一樣的掉淚。

「因爲變成拳皇的我……開場的15分鐘之內無法手下留情，這是對於我自己的保護也是對於敵人的殺戮。」

「所以，快逃吧！玲玲……時間還有3分鐘。」

「爲什麼……竟然是我要逃？」

玲奈再次往玲玲衝過來，其實玲玲根本跑不掉，尤其是絕對力量的光速面前。

「因爲15分鐘內不逃離我的攻擊，那敵人多半會死。我不想殺人，這對我來說，我現在做的跟殺戮……無疑。」

玲玲用右手揮拳企圖反擊迎面而來的玲奈，雙方右手拳頭互相撞擊後，玲玲右手臂斷裂飛了出去，玲玲左側臉馬上被玲奈左手擊中，整個人往玲奈右邊飛了出去。

「活下去才有希望……玲玲，妳本性不壞跟我一樣……懵懂無知，何況妳是人類，不是機器。」

玲玲左臉出現裂痕，左臂斷裂開始漏電，站起來對她來說開始有些困難。

「玲奈，謝謝妳承認我是人類……眞的有資格嗎？我不是爲了任務而存在……」

「對，就是跟我一樣是正常不過的女孩，快逃……眞的求妳了……」

玲玲往其他方向開始快速移動，卻在熟悉的地方停了下來，一手搬開巨大的鐵塊，裡面跑出剛開始遇到的小貴賓狗，一樣活潑的對著玲玲叫著。

「對不起，把你關在這裡這麼久……沒事了。」

玲玲馬上被身後的玲奈伸手抓住後頸部整個人被舉起。

「快停下、快停下、快停下。」

玲奈努力的阻止系統的拳皇狀態但是沒有成功。

「拳皇模式：啟動100%消滅敵人爲止，啟動後限時15分內無法停止能力終結敵人，時間剩餘16秒」

「快停下來……我不想殺人啊！！」

玲奈從玲玲背面奮力一擊「霸王拳」從背後打穿了玲玲的胸口，一拳貫穿過去。

「時間剩餘：4秒。」

「時間剩餘：3秒。」

「時間剩餘：2秒。」

「時間剩餘：1秒。」

「拳皇狀態：強制時間結束。」

「玲玲，對不起……對不起……」

玲奈拔出了右手，玲玲胸口被這一拳開了一個大洞，玲玲微微轉頭看著玲奈展露了一點微笑說著：

「如果眞有機會我們能夠成爲朋友嗎？玲奈。」

「當然可以沒問題，何止朋友？我們可以成爲家人。」

玲奈話還沒說完……玲玲倒下了，玲奈趕緊把玲玲抱在懷裡。

「玲玲不要死……不要死……嗚嗚嗚嗚……」

玲奈放聲大哭。

「不要哭……我可沒有這麼愛哭喔。」

「妳不是我，玲玲做你自己就好，我們都不是同一個人。」

玲玲用左手把玲奈的頭移過來靠在自己額頭上，兩人額頭碰在一起。

「機能傳導：炎拳技術。」

玲奈腦內資料庫開始有新能力進來，炎拳。

「玲玲妳……這是做什麼？」

「這只是微不足道的資料，哪怕一點也好……我不行了。」

「玲玲振作點，我馬上把妳帶回地下城……妳有救的。」

玲玲幾乎失去意識的瞳孔看著玲奈：

「我真的很幸福……讓我遇到玲奈，讓我遇到第一位朋友，也是第一位家……人。」

話一說完，玲玲雙眼失去意識，玲奈撫摸玲玲雙眼讓她閉上。

「好好的休息一下……玲玲。」

「嗚嗚嗚……妳真的辛苦了，放心我絕對要想辦法救你，在這之前好好的休息。」

玲奈抱著玲玲坐在地上大聲哭泣，一旁的小貴賓狗不斷舔著玲玲放下來的左手，這時間點持續了好一會，後方陸續出現大量反抗軍趕到，四方院、孝英、克萊絲、蒂娜陸續趕到，現場集結超過數百名反抗軍。

蒂娜馬上跑到玲奈身旁，用不確定的口吻問著：

「妳是……玲奈嗎？」

玲奈微微抬起頭滿臉淚水看著蒂娜……表情非常難過且不知所措。

「姊姊我……殺了人。」

「玲奈妹妹……那這位是……？」

「她是克隆……不是，她叫玲玲，是被改造的Y型號，剛剛不久被我擊殺。」

蒂娜立刻跪下來抱著玲奈。

「太好了……妹妹妳沒事，姊姊來晚了，對不起。」

「姊姊……我要把玲玲帶回去，她不是壞人絕對不是，她只是被控制了。」

孝英此時喊著：

「既然玲奈妹妹都這麼說了，那當然沒問題，我以將領身分下令，帶這女孩玲玲回地下城，其他人散開，搜索生還者，動作快！」

克萊絲接過玲奈的手抱起玲玲說著：

「這裡想必發生驚人的打鬥，這一切等回去我們再好好聽玲奈訴說吧。」

玲奈激動的低頭道謝：

「謝謝大家，謝謝孝英哥哥，謝謝克萊絲姊姊。」

悲劇還是發生了，玲玲最後被拳皇的力量擊敗倒了下來，還沒來的及跟玲奈成爲朋友或家人就失去了生命反應，反抗軍大量探索四處，帶回不少傷患一同撤退回地下城。

CHAPTER 5

革命軍全體出動

四方院看著眼前拳皇狀態的玲奈充滿了興趣，此狀態下玲奈能力值更是高的誇張。

「玲奈，難道這就是我查覺到妳的隱藏力量嗎？」

玲奈難過的掉下眼淚搖了搖頭。

「不，這力量我實在是不想使用殺戮的武器……絕對……絕對要阻止。」

玲奈憤怒的情緒直接一拳打擊地面造成強大的爆破，直接把地面開了一個大洞。

「克隆體機構，我絕對要親手終結它，一定要快點結束任意玩弄生命的壞蛋。」

此時玲奈外表漸漸變回原本的樣子。

「拳皇狀態解除。」

四周反抗軍找到不少受傷的百姓，其中也有被改造失敗的殘次品連T型號都算不上，被宛如垃圾般的任意丟棄。

「救救我們。」

「拜託……各位大爺們，我連住的地方都沒有。」

「我家人都死了……」

無數的求救聲傳入反抗軍耳中，實在很不是滋味，地表上早成爲了戰場，活著的人類幾乎被當成材料及玩具般的實驗，一旦研究失敗好一點還能存活著被丟棄，壞一點則成爲沒有意識的殺人機器。

大量恐懼及高壓統治下的壓迫感，使得大眾不得不服從這個Y政府，因爲自己性命完全被操作在政府手中。

「把他們全都帶回去地下城，全力搶救治療他們，動作快。」

克萊絲立即下令所有人帶回搜索到的百姓，全部同等待遇的治療，部隊回到了地下城後，對於帶回的受傷百姓這個動作，等於是帶給原地下城住民不便，因爲住所及資源都會被分配給這些新加入的外來者。

蒂娜把哥哥叫去一旁：

「哥，這次帶回的人數不少，地下城反彈聲浪絕對不小，自私的人一定有該怎麼辦呢？」

「妹妹放心交給我處理，給妳安穩的家是我的責任，現在有力量更應該如此。」

蒂娜微微點頭微笑回應：

「我只要能和哥哥一起就很滿足了，像以前一樣生活就可以了。」

「蒂娜，現在我們有新的家人，有玲奈和四方院不是嗎？還有克萊絲。」

蒂娜低下的頭，回味起以前和哥哥爲了生活，過著走一天算一天的窮困日子，雖然辛苦，但很知足，彼此扶持著生活過得去就好，但現在感覺像是生活被破壞般，哥哥彷彿有更多需要寄託的對象，簡單來說，妹妹內心怕哥哥被搶走或是冷落了她，兄妹的情感有時候總會瞞不住。

孝英摸了摸蒂娜的頭說著：

「沒事的妹妹，哥哥還是會跟以前一樣照顧妳，我沒有變。」

「還眞是被哥哥看穿了……」

孝英完全知道蒂娜目前在想些什麼，畢竟是從小一起相處的妹妹，另一方面，在泰達博士的研究所中：

「博士，怎麼樣？可以修復嗎？」

「玲奈，先冷靜點，這克隆體跟當初妳的設計略有許多不同，加上損傷非常嚴重，需要很多時間來分析，最重要的一點是目前缺少相關材料。」

被帶回的克隆體玲玲，全身多處損毀，胸口還開了一個大洞，加上右臂全毀，機體屬於玲奈後的改良體，目前地下城缺少相關修復材料，光是分析就要花很長的時間。

「博士……缺少材料那我去取回來，哪邊有這些東西？」

「玲奈妳不能去，至少目前不可以。」

「都已經這時候了，博士你還在說什麼？還有什麼是我無法取回的嗎？難道是……」

泰達博士嘆了口氣說著：

「對，材料可能在Y政府裡面，大概看了一下系統都屬於新版本的機型，這之前我會做好一切分析資料，初步查驗出來在克隆體機構的訊息，妳堅決要救她嗎？」

玲奈聽了激動的拍了拍桌子。

「這是當然的了，玲玲是無辜的，她是不知情的情況下誕生的另一個我，不，她是一個新個體和我一樣是一個生命，我一定要救她。」

「我明白了，這之前妳先冷靜下來，我會盡我所能的。」

「眞的拜託你了，博士……除了你，這裡沒人可以救玲玲了，都怪我……都怪我使用了這力量……才會……」

玲奈再次流出了淚水哭了起來，整個人跪坐在地上，泰達扶起玲奈幫她擦了眼淚。

「還好妳使用了，妳才活下來不是嗎？」

泰達博士轉頭看了看躺在實驗台上的玲玲後繼續說著：

「看妳很在意她……跟她成爲了朋友嗎?玲奈。」

「玲玲想和我成爲朋友，但我想讓她成爲我的家人……然後一起活下去。」

「玲奈，妳交的了朋友和家人越來越多了，我很對不起讓你一個小女孩剩下一個腦袋，我竟然做了天理不容的事情……」

「博士，不要再說了，我原諒你了，你不是能讓我正常哭泣流淚了嗎?」

泰達博士也流下了淚水。

「玲奈，讓我做能所能做的一切，盡可能的補償……我會盡全力修復玲玲，妳等著。」

時間過了5天後。

時間約早上10點，地下城再次廣播，由將領孝英對大家說明往後計畫。

「各位地下城的居民，我是反抗軍將領孝英，相信各位都知道，地下城新加入不少被Y政府迫害的百姓，受到不人道的待遇和恐怖的人體實驗，百姓沒有力量，只能淪爲被欺負的目標，請問這樣下去好嗎?」

「相信有大多數的人，都想既然在地下城和平過活就好，不要跟Y政府有衝突就能平安度日，這眞的是我們要的日子嗎?這種鳥籠般的生活?」

「當然也有不少自私想法的，認爲自己平安在地下城生活就好，反正去抗戰去送死的都是我們

反抗軍的第一線人員跟自己沒關係？」

「這些想法都是錯的，各位想一想，如果沒有我們抗戰，你們還能安穩在這地下度日？過著可能活不到明天的生活？」

「我們是時候站出來了，一直被攻擊被打壓要到什麼時候？現在起號召大家一同加入抗戰，不管男女老幼，加入反抗軍，我們即日起開始徵軍2星期後開始訓練，3個月時間開始最基本的訓練和整備物資，3個月後我們決定要主動出征Y政府，有意一起抗戰的我們歡迎你加入，來反抗軍大本營報到接受訓練，爲了你自己也爲了你的家人，各位奮戰吧！」

以上言論一出造成不少迴響，地下城居民議論紛紛都在討論是否從軍出戰，當天中午開始就陸續有民衆到反抗軍報到表示要加入抗戰，短短的2星期募兵到了1萬人以上，大多都是被救回來的百姓，爲了報仇和推翻Y政府揚言誓死反抗。

接下來嚴格的訓練開始了，克萊絲規劃了非常多訓練標準，讓大多數人苦不堪言，泰達博士也研發更進一步的新裝備及武器，準備給反抗軍們出征時配戴，此時孝英和克萊絲一刻也閒不下來，底下受訓學生也越來越多，無時無刻都在指導訓練打鬥技巧，孝英雖然自認自己並沒有很強，但是不去努力就不會知道成果如何。

其他沒有從軍的百姓和店家也支援吃的喝的各種物資，讓訓練的各位能吃飽後上戰場，蒂娜也

和四方院在訓練營練習對戰，對戰結果好幾次下來一次也沒能贏過四方院，每次場地都破壞的非常嚴重。

「我說蒂娜妳沒有殺意，這是不行的……這樣下去每次攻擊都無法致死。」

「果然被四方院大姊看穿了，妳戰鬥中散發出的殺氣真的很嚇人。」

「沒什麼……這只是妳我實戰經驗差距罷了，我經歷的戰鬥遠遠超過妳的想像。」

「因爲不殺了對方，下次死的就是自己嗎？」

「聽好了蒂娜，戰場上絕對不能有一絲的憐憫，不然生命就會有危險，敵人可不會可憐妳，千萬記好了。」

玲奈拿了做好的食物來到了訓練場，看了凌亂的場地搖了搖頭。

「我說……兩位姊姊，妳們把場地都毀了，那其他的新來夥伴要去哪裡練習，還請對場地手下留情。」

玲奈看著蒂娜和四方院給了個微笑說著：

「來吃飯吧，2位。」

3人坐在一旁的椅子上邊吃飯邊聊著：

「玲奈抱歉，還一直讓妳做飯，本該我來做的。」

「這沒什麼，蒂娜姊，我對做飯滿有信心的。」

「哥哥他不知道有沒有好好的吃飯……」

四方院看了一下蒂娜，伸手去捏了蒂娜臉頰一下，這動作讓蒂娜嚇了一跳。

「妳突然做什麼？」

「真羨慕有個關心哥哥的妹妹，妳把那小鬼當寶了吧。」

「因爲我們是相依爲命走過來的，會關心彼此也是正常的吧。」

「那……」

四方院臉稍微紅了起來看向別處說著：

「那妳也會關心……我嗎？」

這話一出讓蒂娜和玲奈當場愣了一下後，笑了出來。

「等等，妳們2個笑什麼？」

「哈哈，當然會，傻瓜……沒想到那個四方院也會有這方面的可愛動作。」

「真是夠了，不準笑了。」

時間很快了過了3個月，這時間裡Y政府沒有任何動作也讓反抗軍們感到些許不安，這次的反抗軍總人數來到了一萬八千人，雖然沒有所有人都穿上泰達博士新製造的特殊裝備，畢竟人數過多

還無法量產，只有五千人穿上新型裝備，其餘基本都有槍械等武器。

訓練時間雖然很短，但基本都能像個軍人一樣保衛自己和家人，團結必須爲一體，超過50台的裝甲車在地下城正上方，今天是出征的日子，並預留了三千人下來防守地下城。

「各位聽好了，這次可能有去無回的的出征，但我們絕對不會有去無回，我們要大家一起活著回來，且要光復整個凡提亞。」

站在衆人面前的孝英和克萊絲，身穿藍色特殊戰鬥服，會發光加強身體機能發揮戰鬥，背後的長刀爲之前軍刀的進階版，一刀可以劈開坦克，兩人配戴著將領代表的紅色圍巾，即將帶領反抗軍出征，這趟是一個長征，沒有成功就不回頭的抗戰。

「我們再也不是不反擊不吭聲，在場的各位都是家人都是一分子，我們此趟長征，必須推翻Y政府。」

「留守的三千人，不是懦夫更不是慶幸不用上前線，而是保衛地下城的最後防線，其餘人數1萬5千人，我們會推翻Y政府跟著我們一起前進吧。」

從這兩人的表情中，意志堅定充滿希望，身後跟隨的人們，從不到百人變成萬人，長時間被欺壓的人們內心怒火的綻放，點亮了這遠征的序幕，反抗軍終於主動出擊Y政府，且想一次拿下Y政府恢復眞正的和平。

克萊絲在這3個月內訓練的新士兵內有位優秀的弟子，且學習實力非凡，學習了大部分克萊絲的戰鬥技巧，神祕的弟子有著清秀的藍色頭髮及瞳孔，是一位身高不高的女孩緊跟著將領們。

大衆歷練後的神情與衆不同，身爲衆人的領導更是要極大勇氣和毅力，克萊絲和孝英終於帶頭起身，眞正反擊Y政府。

克萊絲對大衆大聲喊道：

「各位現在起我們不是什麼反抗軍，現在起我們每個人都是世界的主角，現在起我們叫做……」

『革命軍』

「出發，我們會一戰又一戰攻下Y政府機構直達中心點，目標破壞主控室，途中會經過許多已經被迫害的城市，但是記住一點，我們物資有限只能給予最低限度的援助。」

「記得我們所配戴的食物醫療用品不是很多，所以途中遇到大量難民無法全部拯救，千萬要忍下來，直到我們成功推翻爲止，才能有眞正的和平。」

孝英接著說：

「我們不畏懼Y政府的Y型號，我們也有3位強力的同伴可以幫助我們，這3位不是機器是跟我們一樣的人類，其中一位則是我親妹妹，我們戰力不會低於Y政府，向前進吧！各位。」

大家全副武裝，只有3位女孩穿著日常生活服看著現場。

「蒂娜姊，好多人在看我們……」

「玲奈別緊張，這沒什麼……還有什麼場面沒見識過……」

四方院則是喊道：

「你們再用那種色瞇瞇的眼睛看著我們，我就讓你們永遠失去光明。」

外表完全看不出來是Y型號的3人組，乍看是平凡不過的女子，卻是革命軍的強力底牌。

大夥氣勢正旺，超過50台裝甲車，開往Y政府所在區域「聖頂」，途中有幾個已經被破壞的城市，可能都會有埋伏等待著革命軍的到來。

然而Y政府方

Y政府的外側城市白浪鎮，政府的部隊正走過屍體堆積如山的道路，一位女孩面無表情帶頭走在最前面，身旁也有一位看似年紀更小的男孩，兩人身後跟著數十台機械裝甲兵，兩側則有政府軍的士兵，這部隊總數超過3萬。

謎樣的聲音正在跟帶頭的女孩談話。

「怎麼樣？路途還順利嗎？」

「沒事，障礙完全排除，持續往反抗軍前進。」

「知道任務目的吧？期待妳們2位的表現，尤其是妳優異的成績。」

（聽懂了吧？Y型號3（克隆體），蒂娜。）

「眞是天大的笑話，聽說玲玲被擊敗了？反抗軍有這種本事嗎？我期待見到我的本體看看有多厲害？」

「回應的好，我寶貝的克隆體們去殺光反抗軍，引誘他們進入白浪鎮！」

通訊結束後，帶頭的女子停下了腳步看著前方，面無表情。

「不管什麼敵人，我都會完成任務，玲玲到底在幹什麼？眞的被擊敗了嗎？」

一旁的男孩也說話了。

「玲玲被幹掉了？想不到反抗軍有如此實力，那個令我訝異的玲玲竟然死了？」

「維茲，你可不准跟我搶獵物，否則滅了你。」

「我可不會蠢到跟蒂娜搶獵物，只要上頭任務完成卽可。」

CHAPTER 6
突來的死訊

革命軍整裝出發已經過5個多小時，大隊來到了Y政府外側的城市之一，這是一個百姓生活圈，城鎮中央明顯可以看到巨大的白色橢圓形建築，外觀類似大型巨塔，目測超過兩百層樓，顯然是後來建成的，絕不屬於周圍任何等級的建築。

克萊絲先行下車開始觀望四周，明明是一個大城市卻看不到半個人影。

「這城市怎麼到處……都不見半個人影？」

克萊絲和大夥慢慢進入城鎮內，由於範圍非常巨大，開始下令各隊分散探索。

蒂娜、玲奈、四方院，3位Y型號各帶領50人分頭探索，其餘所有人分兩隊，跟著孝英和克萊絲，留少部分的人看守車隊。

「隨時保持警覺，我們已經進入敵人的領域了，爲了推翻Y政府，絕對不能憐憫敵人，我們走。」

孝英所帶領的小隊士氣高昂，但大多數革命軍都是第一次參與這場可能有去無回的戰爭，出發前不少人早已寫好遺書，傳達給地下城的家

人們，不知道什麼時候才能平安回家？能否活著都是未知數……不少士兵手裡緊握槍械卻是在發抖著……

「那麼妹妹們保重，這邊分開行動，就連我也不知道那建築物是什麼鬼東西，這裡看起來沒人肯定都死了，卽使還活著可能也被當成材料了吧！」

四方院特別叮嚀玲奈及蒂娜注意安全後，各自分開行動，蒂娜探索著四周不斷跟資料庫比對。

「所在地：白浪鎮，區域類別：平民居住地，範圍五千一百平方公尺。」

「怎麼會這麼廣？這不是比我所居住的黑市還大嗎？各位提高警覺。」

「是，蒂娜隊長。」

「有美女隊長帶隊安心不少啊！」

「現在不要掉以輕心，我們已經在敵陣了。」

蒂娜嘆口氣繼續說著：

（話說回來那巨大的建築是什麼？）

「資料不詳。」

「竟然沒有資訊，看來我逃離被控制的時間點後，我的資料庫就沒有更新過了。」

「四處還是有不少血跡反應，這裡的居民肯定被抓走了，希望還活著……」

畫面回到孝英隊伍。

大隊分開後，使用耳機無線電保持聯繫，行動時間很快的又經過了2小時之久。

「這裡有發現。」

孝英使用無線電通知了其他大隊，自己眼前看到一位年齡約16歲的女孩，一頭紅色凌亂的短髮，身上破損不堪的衣物，連腳上也沒有穿鞋子，所在之處在一個巷弄內，但是這巷口處滿是血跡。

「這是什麼燒焦味……」

空氣中散發著濃濃像是食物的燒焦味，這位女孩就縮在巷弄的角落發抖，嘴裡一直不斷的默念著：

「不是我……」

「這不是我做的……」

「不要傷害我……」

滿臉驚恐的少女，放大眼睛看著鮮血的地面……不斷發抖。

「哥哥，怎麼了？發現了什麼？」

「這邊是克萊絲，孝英你發現了什麼？」

「這邊是玲奈，發現什麼了嗎？我們隊伍馬上趕過去。」

孝英簡單看了一下現場，沒有其他敵人的跡象。

「不用，各位繼續探索，發現一位受驚嚇平民罷了。」

孝英慢慢走近這位滿臉驚恐的紅髮少女。

「妳是這裡的居民嗎？這裡發生什麼事情了？」

這位少女慢慢抬起頭看著孝英，流下了淚水說著：

「其他人……都被抓走了……大概……」

「妳叫什麼名字？爲什麼只剩下妳一個沒有被抓走呢？」

「因爲……他們想抓我走我幾乎不太可能……」

「爲什麼？妳一個女孩子獨自在這裡太奇怪了。」

「想抓走我的人……剛剛都被燒死了……被我……活活的燒死了。」

「妳在說什麼……」

「我也不知到我身體怎麼搞的，某天被自稱政府單位的人帶走後，對我做了各種的研究……在我身體打入不知名的藥劑，我意識也無法反抗……我不要……我不要回到那裡……」

「藥劑？難道妳是T型號……？」

「我不懂你說的什麼T型號……我只知道現在我的狀況，只要害怕緊張，我四周就會燃起強烈火焰且燃燒靠近我的人……我不要殺人，至今為止不知道這樣情況下，殺了多少人……那些人竟然……」

「那些人？政府的人？」

「他們做了很過分的事情，讓我父母偽裝成政府軍靠近我，讓我以為是要帶我回去那恐怖的地方……我竟然……在不知情了情況下……燒死了我的父母……嗚嗚。」

這位少女再度大哭起來，孝英沒有阻止她這樣大哭可能引來麻煩，內心很明白這種痛苦需要情緒發洩。

孝英在這女孩面前蹲下來，用手撫摸她的頭說著：

「妳過的很痛苦日子，不但父母被親手殺死，身體還被不知名的研究變成現在這樣，不過沒事了，我們是來救妳的。」

「來救我的？你們不是來抓走我的嗎？」

「不是的，我們是革命軍，我們要推翻把妳變成這樣的Y政府才來到了這裡。」

「革命軍……Y政府……那是什麼？」

「沒事了，不要去想那些，慶幸的是妳還活著，相信妳的父母在天上看到也會很高興的，妳叫什麼名字？」

「我叫娜亞……17歲……」

「娜亞，聽起來不錯，妳父母幫妳起了個好名。」

娜亞終於露出些許的笑容，不過表情又再次凝重了起來。

「革命軍的各位……你們要小心一點。」

「怎麼了？娜亞妳知道敵人在哪裡嗎？」

「是……的，我不知道爲什麼從被研究後，就常常……知道範圍自己附近3公里內有多少目標正在靠近。」

「所以妳一開始就知道我們來了？」

「是的……我害怕是來帶走我的，所以我才躲進這巷口內……而且數量超過5萬個生命體，正往附近分散。」

「奇怪了，蒂娜她們怎麼沒有這種探索大範圍的能力……馬上通報其他部隊。」

「孝英隊長，上空有東西在飛。」

孝英仔細一看，上空不少微型的偵查機在俯視他們。

「糟了，我們被發現了，大家快躲起來找掩護。」

孝英拉起娜亞想也不想的就找地方躲，急忙通報其他部隊。

「克萊絲、玲奈、蒂娜、四方院，妳們聽得到嗎？敵人來了。」

在通訊器耳中聽到無數開火的聲音，大多都有回應目前正在作戰中。

「這裡是克萊絲，出現了不少機甲兵突然對我部隊開始掃射，已經有13人不幸死亡，目前正在反擊中……」

「孝英哥哥，我是玲奈，這邊遇到數量80的裝甲兵和兩千人的部隊突然從地底竄出，目前正在反擊。」

「小鬼，我這裡也有不少敵人，看樣子他們不想讓我們靠近中央建築，在我解決之前可別死了。」

所有大隊都被突來的敵軍開始攻擊，唯獨沒有收到蒂娜的回應。

遠端的另一處（蒂娜部隊戰線裡）。

蒂娜所帶領的50人全被突然從地底竄出、不知性能的鐵鍊綑住手腳，動彈不得，鐵鍊發出的強烈電流破壞了現場的通訊裝置，強烈電流之下，有23人直接當場被電死、燒成焦炭。

蒂娜也被鐵鍊綁住全身，超過8條鐵鍊環繞，發出強烈電流電擊著蒂娜。

「嗯……這是什麼鍊子竟然扯不斷。」

蒂娜努力想直接拉斷綑住自己的鐵鍊卻毫無效果，這時出現在蒂娜眼前的2位敵人竟然是……

「這麼簡單就抓住了，玲玲看樣子真的被幹掉了？」

外表看似只有約十七歲的男孩，擁有水藍色的瞳孔以及秀長的咖啡色頭髮，隨心所欲地操作鐵鍊，地面竄出的鐵鍊把蒂娜越綁越緊。

「想不到我的本體只有這程度？連維茲的鐵鍊都弄不斷？真是讓我感到失望。」

「Y3搞不好妳面前的本體，才是眞正的殘次品，難怪會反抗我們。」

蒂娜看著眼前的人表示疑惑。

「妳是……我自己？」

蒂娜眼前出現的是跟自己當初穿著女軍服的樣貌完全一模一樣的自己。

「妳到底是誰？爲什麼跟我長著一模一樣。」

「機型：Y型號3『克隆體蒂娜』、所屬單位：克隆體機構、威脅力：極高。」

「克隆體……當初玲奈說的……就是……」

克隆體Y3以非常不屑的口氣回應：

「不要搞錯了，我跟妳不是同一個人，我只是依照妳的原型加以改造而成的完美型態，妳才是冒牌貨。」

「怎麼可能……我的原型製造？第三研究所那裡嗎？」

「Y3快點解決她吧，我們目標還有2位。」

「說的也是，眼前這個根本是殘次品，我有這麼弱嗎？我還等不及跟四方院來一場戰鬥了。」

（眼前這2個人非常不妙，我得趕緊阻止她們，女武神型態啟……）

蒂娜正要直接啟動女武神型態，但是眼前的Y3手上武器突然散發強烈火炎。

「眞慢啊？妳還想變成女武神？」

「炎斬——鳳鬼。」

Y3克隆體一個拔刀，直接斬斷蒂娜整條右手臂，只有一瞬間的秒速，蒂娜竟然來不及變身女武神就失去了右手。

「嗯……」

「警告：轉換機能損毀，轉換失敗，右臂損壞，機能下降33%。」

「可惡……既然這樣……」

蒂娜背後發出的4個追蹤砲正要對克隆體射擊時，瞬間被Y3跳起來輕鬆斬落破壞掉。

「妳別小看我，雖然我也叫『蒂娜』，但我比妳更完美，去死吧！」

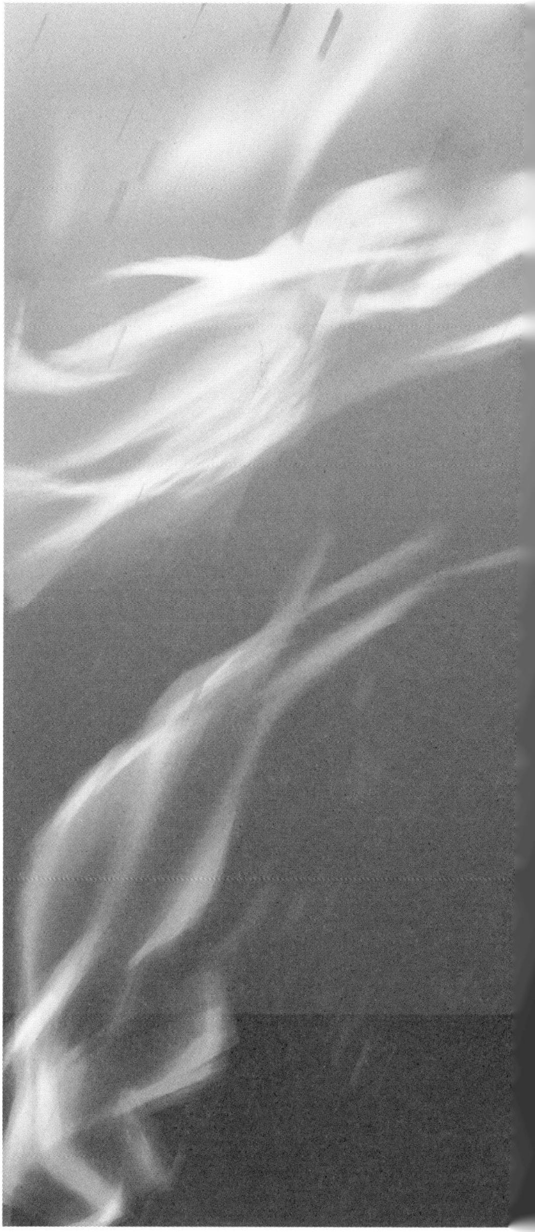

克隆體Y3一說完下一秒，整把長刀冒出更強烈的火焰，一刀刺穿蒂娜的胸口，蒂娜被這一刺直接大量吐血。

「嗯……嗯……」

「喔？難道這就是血液，這就是疼痛嗎？確實是我沒有的東西，反抗軍就此終結了？」

火焰長刀一拔出後，蒂娜整個癱軟被鐵鍊隔空架著身體，痛苦的看著眼前的敵人。

「絕對不能讓……妳們過去……」

蒂娜再也使不出其他攻擊手段，胸口內部細胞被燒毀，機能也被嚴重破壞仍然想阻止眼前的克隆體，僅存的左手和身體不斷使力企圖掙脫鐵鍊。

「警告：核心裝置受到破壞，生命裝置無法維持。」

「眞是看不下去，這竟然是我的本體？弱成這樣就該倒下而不是站著。」

Y3克隆體再次一個橫斬，斬斷蒂娜兩條小腿，讓蒂娜整個確確實實被鐵鍊架在半空中，雙眼幾乎快失去意識的看著前方。

「報告總部，已經解決Y型號：3『蒂娜』，接下來目標改往Y2和Y6前進。」

現場沒被電死的弟兄也被其他機甲兵陸續射擊打成了蜂窩，死狀可說是慘不忍睹！

現場只剩被鐵鍊綁住的蒂娜，胸口被炎刃嚴重破壞，右臂整個消失，雙小腿也被斬斷，嘴角和胸口不停流出血來，畢竟蒂娜並不是完全機械體。

「玲奈……哥哥……克萊絲……四方院，你們大家……快逃……」

「警告：機體生命危急。」

「嗚……抱歉……我沒有成功阻止她們，哥哥對不起我沒有做到……」

奄奄一息的蒂娜想起在地下城訓練時，四方院對她說的話。

「對於眼前敵人，要抱持著殺意不能憐憫。」

「對不起……四方院大姊，我到頭來還是犯錯了……」

「玲奈……對不起……姊姊我……嗯……」

最後蒂娜小聲地說了最後一句。

對不起。

「Y型號3『蒂娜』此時失去生命反應。」

「什麼……這不可能……」

遠處正在作戰的玲奈表情驚恐。

「蒂娜姐姐的機體反應消失了……」

另一方面的四方院。

「蒂娜……不會吧……」

此時此刻兩位不管現場戰況，急忙往蒂娜的所在衝了過去。

「孝英、克萊絲，聽好了我是四方院。」

「怎麼了？這裡是孝英。」

「這邊是克萊絲，請說。」

四方院突然對著通訊器大喊：

「先做好最壞的結果吧！蒂娜她⋯⋯」

「在剛剛可能已經戰死了。」

此時，玲奈內心的恐慌及衝動完全爆發，完全不管其他革命軍還在作戰，直奔蒂娜訊號消失的地點，高速移動之餘掉下眼淚，不斷大聲吶喊。

「姊姊撐住！我來了！妹妹來了！」

一路上再多的吶喊也無法表達玲奈內心當下的絕望。

CHAPTER 7

不可思議的力量

這世界最難過的事情，莫過於生死離別，蒂娜戰敗的消息嚴重打擊革命軍的士氣。

「妳說什麼？蒂娜戰死了？」

孝英聽到這訊息雙眼瞬間失了神，雙腿跪在地上看著地面。

「我又再一次的失去妹妹了……我沒能保護好她，就因爲她是Y型號，所以我忽略保護她的重要性……我出發前才跟蒂娜說過我會保護她的……」

另一旁克萊絲隊伍已趕到孝英身邊會合，但上空出現無數的無人飛行機械開始往地面掃射子彈，革命軍大隊趕緊各自找掩護反擊，場面槍林彈雨非常混亂。

克萊絲看見孝英失魂落魄的樣子，趕緊一手抓起孝英打了一巴掌大聲叫喊：

「振作一點，戰場本來就是生死一瞬間，大家在出發前已做好覺悟，現在你是一個統領，你不振作大家都會死！」

克萊絲往四周一看馬上判斷戰況做出指揮。

「其他人找掩護，火箭砲直接對空射擊，不要避戰的打回去。」

克萊絲馬上聯絡玲奈和四方院隊伍。

「玲奈、四方院，妳們要小心敵人，能夠殺死蒂娜的絕對是Y型號，妳們後面隊伍聽令，跟上玲奈和四方院，至少也要做到掩護的能力。」

在通訊機的另一邊傳來的是玲奈和四方院部隊成員的回應。

「可是，克萊絲將領……」

「克萊絲大隊長，我這邊是四方院隊伍……」

「怎麼了？快說！」

兩邊隊伍傳來一樣的回答。

「可是……她們移動速度太快了，早已經不見人影……」

克萊絲把孝英拉進一旁的巷弄躲避攻擊，繼續說著：

「你們兩支隊伍現在都回來跟大隊會合……馬上回來，蒂娜那邊先交給玲奈和四方院處理。」

敵人砲火非常猛烈，革命軍感覺就是掉入陷阱的小老鼠一樣四處逃竄，克萊絲拔出背後的大刀瞬間跳至50樓高的天空，能這麼做是特殊戰服才能辦到的強大機能，一瞬間揮砍，一次就擊落敵人的4台無人機。

「可惡，敵人數量眞是多……」

克萊絲周邊開始燃起了強烈大火，炙熱的火焰燃燒著四周，正要調查怎麼回事的時候……

發現一位小女孩就是剛剛孝英發現的那一位，頭上被小型無人機帶上一個類似頭盔的不明機械，這女孩流著淚水說著：

「我無法控制自己了……我……無法控制自己……啊！」

娜亞頭上被戴上不明裝置後，身體手腳不聽使喚的開始對四處的革命軍攻擊，手一揮就能產生強力的火焰燃燒手揮的方向，腳踩過的地面也燃燒起來，明明沒有東西可以助燃卻可以大量放出火焰。

「那是什麼鬼東西，這女孩？就是孝英剛剛說的那位嗎？」

失魂的孝英看著眼前的娜亞不分敵我胡亂的攻擊，站起身來慢慢往娜亞走去。

「我說……妳在做什麼？娜亞，妳怎麼會攻擊我們……妳也是敵人嗎？」

「你在做什麼？差點就沒命了，孝英。」

克萊絲急忙拿起盾牌衝到孝英面前，一大團火球往他們飛過來被克萊絲擋下。

孝英小聲的說著：

「娜亞她……也是敵人嗎？欺騙了我？」

「這我不清楚，但是看她現在很痛苦的樣子，好像是被操控了一樣，她頭上那東西……應該就是控制器。」

孝英對著娜亞大喊著：

「可恨的Y政府到底要欺壓人類到什麼程度？還不快放了娜亞，還有你們竟然……殺了我妹妹……Y政府！我饒不了你們，全隊注意，往娜亞射擊。」

「等等孝英，這樣會傷到她的。」

「克萊絲，我管不了那麼多了，這裡是戰場，是妳教我對於敵人不能憐憫的。」

革命軍的砲火憤而集中攻擊娜亞，但是槍砲全都穿不過強烈的火牆，娜亞在火牆的內部中心位子，四周的火焰像是有意識一樣會阻擋攻擊而來的子彈。

「怎麼會……T型號的話，我們應該可以對付的。」

孝英對於攻擊完全無效感到訝異，隨手拿起視訊裝置拍攝眼前娜亞的樣貌後，傳送給玲奈和四方院並問著。

「玲奈、四方院，妳們看到影像了嗎？這T型號是怎麼回事？強的誇張。」

這麼一詢問後，得到的回答更讓革命軍感到絕望，玲奈和四方院掃描後，得到的回答是。

「小鬼小心了，那才不是什麼T型號也差太遠了。」

「孝英哥哥，要小心啊，那女的不是T型號。」

孝英聽了並回應：

「那她是什麼鬼東西？為什麼我們的槍砲沒有作用？」

此時兩人異口同聲，這個回答讓在場的克萊絲以及孝英，全神貫注的準備應對。

「那是Y型號9，名稱：娜亞、代號：炎之魔女、所屬單位：Y政府最高指揮部。」

「什麼？Y型號9？」

克萊絲一聽馬上做出下一步動作。

獨自一人拔起大刀奮力跳起至空中，再由空中飛快的往娜亞方向突入，先是用力一揮劈開強烈的火牆，看見本體後全力衝刺往娜亞用力砍下去。

這一瞬間時間好像是靜止了一樣，克萊絲正要揮砍，但是眼前的娜亞慢慢的朝著她抬起頭來並伸出細小的右手，克萊絲看見了手中的刀砍下去卻被娜亞單手握住刀身，克萊絲整個人停在空中。

（這是什麼力量和反應速度，我剛剛的速度應該快到肉眼無法捕捉了才對，我竟然被這女孩單手接住攻擊，還整個人被舉了起來？）

克萊絲眼前的娜亞終於說話了，但是雙眼無神看似完全被控制住行為能力。

「殺死反抗軍……解決眼前所有……障礙。」

（這女孩，非常不妙。）

克萊絲被整個甩了出去，在即將撞到火牆時，火牆卻開了一個出口讓克萊絲通過，這讓克萊絲在那一剎那看了娜亞，看到娜亞嘴裡好像努力想說什麼？讀了唇語。

（大姊姊……快逃，我無法控制自己，如果你們沒有逃走就請殺死我，我不想這樣活著……）

「娜亞……」

被甩出去的克萊絲被孝英接住，兩人倒在地上。

「克萊絲，妳沒事吧？妳這樣做實在太危險了，現在敵人可是Y型號。」

「孝英，娜亞被控制了，但我想即使有一絲機會的話，我也要救她，現在只是被控制的棋子。」

「我知道了，這邊解決後我還要馬上趕去蒂娜那裡，我相信妹妹她一定還活著。」

四周陸續出現Y政府的軍隊，每個軍人頭上都戴著跟娜亞一樣的裝置，人數不比現場的一萬五千人革命軍少，孝英看到敵軍的數量，不知道下一步的指揮命令，這一點跟克萊絲本來就有天大領導的經驗差距，克萊絲馬上指揮大眾。

「快步撤回裝甲車區域，找掩護反擊，背起受傷的弟兄往回跑起來。」

眼前強大的火球往革命軍襲來，孝英和克萊絲拿起大刀劈砍打散娜亞的攻擊，雙方士兵開始互相掃射和互砍，造成大量死傷。

「不能放過反……抗軍，攻擊。」

娜亞慢慢往孝英她們慢步走過去，但是整個人卻在發抖。

「娜亞……沒辦法了，克萊絲我跟妳必須打倒她，不然死傷會無法計算的。」

天空突然變黑打起數道閃電，在場的革命軍發現氣候改變了，突然天黑的影響，讓炎之魔女娜亞，在黑暗的夜晚裡顯的額外明顯，雙方軍隊持續交戰中。

敵人的士兵只是一昧的攻擊，彼此間卻沒有一絲交談的動作，每位頭上都戴著跟娜亞一樣的裝置，顯然是被控制的棋子。

「克萊絲我們上吧，能不能救娜亞不知道，但是做好覺悟隨時可能會殺死她。」

「我明白了，孝英，既然對上的敵人是Y型號只能全力應戰。」

兩人拿起大刀，開啟戰鬥服的性能至最高值，移動和肉體力量大幅提升，隨後直接快速往娜亞衝了過去，分別由左右不同方向突入，娜亞眼睛瞬間看了左右兩方跳起身來，跳躍力極高一下子跳至空中俯瞰下方，兩手同時一揮強大的火焰從天而下。

克萊絲看到這大面積的攻擊大喊著：

「各位快閃開！」

一瞬間地面成了火海，娜亞不分敵我兩邊士兵數十人一下子被燒成灰燼。

「嗚嗚……」

孝英小腿被嚴重燒傷強忍著痛處，四處張望，感受到非常炎熱四周溫度不斷的提升。

「克萊絲、各位，沒事吧？」

孝英聽到附近有刀械打鬥的聲音，不顧自己的傷勢連忙跑過去，發現克萊絲正拿著大刀猛烈的和娜亞對砍，娜亞右手拿著強力火焰形成的刀刃，精準的接下克萊絲每一次的砍擊。

「祕劍──穿越。」

克萊絲飛快的往娜亞一個突刺穿過了娜亞的上半身，這一瞬間自身也被娜亞的火焰掃到左側腰，克萊絲嘴角流出了血來，左手壓著自己的腰部，鮮血直流，表情顯得非常痛苦仍然站著沒有倒下……

孝英看到克萊絲左腰部已經完全被燒毀消失。

「克萊絲……妳……娜亞！」

孝英氣憤的衝向娜亞揮舞著手上的大刀，動作已經是快到肉眼難以捕捉，但是孝英眼前的娜亞卻輕鬆閃避每一次的攻擊。

「難道我的攻擊都被預判了嗎？」

孝英持續攻擊的這時刻，克萊絲從娜亞後方奮力一砍，娜亞卻反射動作看也沒看的直接閃躲後方的偷襲。

克萊絲還是撐著受傷的身體持續攻擊，這本不該有的畫面，兩個人竟然拿刀刃揮砍一位平民女孩，然而被改造成Y型號，如此恐怖的實驗，簡直把一個正常人變成了一個活生生的怪物，特別是理智意識都幾乎被奪走的情況下，完全的殺人機器。

克萊絲很吃力的觀察眼前的敵人。

「怎麼會……自主洞察力和反應速度根本不像是一般女孩可以做到的動作，竟然被改造成這種地步，無法當正常人類。想必很痛苦吧？」

孝英企圖攻擊娜亞頭上的控制裝置，但每一次攻擊都無法觸碰到，由於克萊絲受重傷流的血越來越多，此時……

「嗯……」

克萊絲突然放下的手上的武器，眼前漸漸一片空白，整個人直接癱倒在地。

克萊絲由於失血過多臉色蒼白的在孝英面前倒下。

「克萊絲！」

孝英看到克萊絲嚴重受傷的畫面加上妹妹的死訊，讓孝英此時此刻爆發了莫名的力量，雙眼突

然泛起紅光，原本綠色瞳孔變成了紅色，整個人動作像是變個人似的，移動速度和反應能力不同以往，直接對著娜亞衝過去，克萊絲的攻擊幾乎被閃避跟預判，但是這次孝英一出手揮砍手上的大刀時，娜亞卻無法閃避，驚人的力量和速度完全凌駕在娜亞之上，孝英眼神彷彿失去了原有的意識，全力攻擊。

「目標偵測：平民，姓名：孝英，對本機威脅值：極高。」

孝英和娜亞在互相交鋒下，孝英瞬間一刀往娜亞胸前劈下去，造成娜亞當場大量噴血，但是眼前的孝英表情卻一樣毫無意識般。

「怎麼回事？這男人的動作和攻擊方式確定是人類嗎？」

高空的監視裝置觀察著孝英的一舉一動，視訊傳往白浪鎮的中心之塔，一位名為「蓋諾瓦」的高層正在喃喃自語。

「區區反抗軍人類竟然可以跟Y型號單獨對打，姑且偵測他的戰鬥威脅吧！」

監視裝置前後對照戰鬥技術和攻擊方式，計算威脅值屬於。

「威脅度：極高。」且竟然是身為一位人類。

在此刻娜亞雙手被孝英當場砍斷，攻擊速度快到娜亞無法預判，加上胸前大量失血，終於恢復了原有的意識。

「請你們一定要阻止他們，停止這一切……對不起，我最終還是傷害了你們……」

娜亞倒地了，意識開始模糊的看著孝英露出最後的一點微笑。

「謝謝你們，阻止了我……謝謝……」

孝英雙眼慢慢恢復原有的樣子，看著眼前已經斷氣的娜亞。

「娜亞這……這是我做的嗎？怎麼會這樣？剛剛我到底怎麼了？」

「對了，克萊絲……」

孝英抱起昏迷的克萊絲往裝甲車方向跑去，戰火依舊持續不斷。

「我真是沒用，竟然讓克萊絲受到這樣的重傷，妹妹也生死未卜，我卻沒能趕去看她，先救眼前的克萊絲要緊。」

依靠新型戰鬥服的關係，使得孝英移動速度早就跟跑車一樣快，天黑的氣候中閃電交加卻沒有下雨，孝英來到裝甲車部隊後，醫護隊立即治療克萊絲的傷勢，但是由於傷口實在太大側腹整個被開了一個洞，正常人類早已死去，這嚴重的傷害讓克萊絲處於生命危急。

受傷的隊員陸續被送至救護區，孝英持續擔下重任只能馬上回頭指揮戰場，在救護區的天空沒有變黑，但是戰線內的天空卻是黑的。

從這戰鬥遠處就能清楚看到這景色，一名謎樣的少女，正坐在某處樹下的椅子上隨口說著：

「至今爲止，我不知道救幾個人了？這些人直接反抗Y政府，到現在還沒有誰成功辦到……」

「死傷想必非常慘烈吧？」

「我該救他們嗎？」

這謎樣的人身高約一百六十三公分，年紀約18歲上下，有著秀長的咖啡色頭髮，一雙清晰的藍色瞳孔，身後有一整群的平民。這區域原有的住民人數超過2萬，每位都非常依賴眼前這名謎樣的人物，無論是重傷者還是死亡者，經過這孩子之手，都有機會奇蹟地活過來，身旁一位年紀更小的男孩走到他面前說著：

「他們是在爲了我們而戰嗎？Y8大人，如果是的話，請你幫幫他們吧！」

「別這樣稱呼我，Y8這名字眞難聽，我也沒有以前的記憶，太過於模糊了。」

戰線內的克萊絲，由於身受重傷已經和死神正在生死拔河，革命軍士氣低落，孝英則是處於一個領導，不能因爲妹妹的事情不管其他一萬多人的死活，非得忍下來指揮當局，然而在此時，意外從遠端俯瞰這一切的竟然是……

一位遺忘自己姓名的人物，衆人稱之「Y8」

CHAPTER 8

拳皇的剋星

「……Y8大人，請你幫幫他們吧！」

小男孩求助著被稱之爲Y8的人物，Y8看了小男孩後，伸手摸了摸男孩的頭微笑的說著：

「看來另一邊的戰鬥已經展開了，我感受到另一個我正在戰鬥著。」

「Y8大人不是壞人，你拯救了我們大家。」

一整群鎮民以名爲Y8的神祕人物爲中心，非常依賴他，每個人眼中的Y8就如同救命之神，更可以稱作是他們的上帝。

「好吧，我就幫幫他們，這些看起來是反抗Y政府的軍隊，雖然我認爲成功率不高就是了，既然可能是同一陣線的就去看看吧。」

Y8往革命軍的裝甲車隊走了過去，後面跟了不少百姓，革命軍隊伍看到馬上舉槍威嚇：

「什麼人？不許再靠近了！」

Y8拉了一根自己的髮根，把頭髮丟向空中，這根頭髮變成了粉末消散在空氣裡，隨後對著革命軍隊員溫柔的說著：

「我是來救人的，讓我過去吧！麻煩你們了。」

多位剛剛還在威嚇不讓Y8靠近的隊員，雙眼好像被什麼所蒙蔽，看到了另一種新的光芒般，完全沒有再詢問下去。

「好的，Y8大人，請過去吧。」

革命軍完全不知道他名為Y8，卻已經變成好像認識他一樣，於是放Y8進入急救區，當Y8走進克萊絲的急救室，看到克萊絲臉色蒼白，右邊腰部被開了一個大洞，雙眼無神且失血過多，非常嚴重的傷隨時可能死去。

Y8走到克萊絲身旁看著她，身邊醫療人員卻不知道怎麼回事的全自然離開了此地，現場只留下Y8和克萊絲。

「妳傷得很嚴重呢，小姐。」

克萊絲勉強看著眼前的Y8疑惑的小聲說道：

「女孩子……妳是誰？」

「我是Y8，但本身沒有名字，不過以後我會自己取。」

「妳來做什麼……？這裡可是戰區……快離開這裡。」

「我是來幫助你們的，你們在跟Y政府對抗嗎？」

克萊絲此時幾乎沒什麼說話的力氣，已經答不上話了，Y8摸著自己秀長的頭髮在頭髮尾端撕斷一小戳，把這一小戳毛髮放在克萊絲的重傷部位，Y8此時全身散發著金光，像是稻田裡金黃色的稻穗般，夢幻的場景就在克萊絲眼前呈現出來。

（這人是誰……怎麼會有這麼美的孩子？他在做什麼？）

一切的疑問在克萊絲心裡思索著，Y8此時說出了：

「細胞纖維開始檢測生命體：受損36%細胞，開始修復。」

Y8放置的頭髮變成數條有意識的金色線條，開始分裂、連結破損的傷口，克萊絲的腰部被開的一個大洞正逐漸癒合，在治療的過程中克萊絲毫無知覺也沒有痛覺，約莫過了5分鐘後，克萊絲才完全恢復意識，連忙從床上坐起身，看看自己的腰部，竟然完全復原，也沒有留下任何疤痕。

「我……這是……怎麼會這樣？」

「我已經治療好妳的傷口了。」

「太神奇了，妳到底是何方神聖？」

「我是Y8，脫離Y政府後我很想報仇，但是我是唯一Y型號裡面非戰鬥型，也就是說我不擅長戰鬥，我擅長醫療。」

「Y8……Y型號。」

克萊絲本來反射動作想直接拿起床邊的手槍要攻擊Y8，可是正打算拿的時候，自己卻自然地停下了手，內心慢慢失去攻擊Y8的這麼念頭。

「我怎麼會……剛剛我明明想動手攻擊她的……」

「那是因爲你內心眞正想法不會這麼做，所以才停手。」

「妳……對我做了什麼？」

「生命纖維」

Y8的四周散發著生命纖維，克萊絲這才看到有不少細小金色粉末狀的粉塵在飄散。

「這些金色粉末是什麼？」

「這是我的一個能力，我的毛髮可以強化細胞再生，或變成新的細胞取代死去的細胞，修復生命體，當然連生命體的意識也可以。」

「妳控制了我？」

「不是，我只是引誘出你們內心的眞實想法，我特殊的藍色瞳孔可以淸楚看見你們內心尚未修飾過的意識和記憶，讓我可以馬上判斷你們『是不是敵人而不是操作』。」

克萊絲摸了摸自己的腰部，不敢相信自己的眼睛，剛剛一度命在旦夕現在卻完全好了。

「眞是太神奇了，妳到底爲什麼要幫助我們？」

「因爲我父母被我所殺害了，在我被研究成這副身體的實驗裡，我甚至失去了大部分的記憶，我好像是17或18歲吧……我也記不起名字。」

「Y政府竟然做了這種事，妳是如何逃出來的呢？」

「某一天我突然恢復了意識，發現原本控制意識的裝置沒有反應了，於是馬上利用本能，自然地離開了研究所，那個研究所就在距離這裡兩百三十公里外的總部。」

「那麼Y8……妳知道外面那個巨大建築到底是什麼用途？」

「這也是我決定幫助你們的原因之一，那建築非得摧毀不可。」

「摧毀？那是對Y政府很重要的建築嗎？」

「沒錯，以現階段來說不破壞，人類將沒有未來可言。」

Y8很堅定的告訴克萊絲。

「那是Y政府製造以及研究Y型號的控制中心，俗稱克隆體研究所。」

「Y型號研究複製所——克隆研究室」。

「但是你們反抗分子卻有了超乎Y政府的意外力量，使得他們措手不及。」

「意外力量？」

「前陣子有克隆體被摧毀了，代號Y型號6『玲玲』，好像是被你們所破壞。」

「玲玲？就是說玲奈帶回去的那一位……」

「所以玲玲屍體在你們那邊？眞虧你們可以打贏她。」

「確實被我們擊敗沒錯，被玲奈……」

「玲奈？」

「Y型號6『玲奈』、14歲，家屬全亡，目前狀況：叛逃，威脅：極度危險。」

「看來玲奈恢復意識了，眞是太好了。」

「Y8妳認識玲奈？」

「當然知道，Y型號類別中空手攻擊的唯一格鬥型，不過既然可以打敗玲玲，眞是不可思議。」

「怎麼說呢？不是同樣是Y型號6嗎？」

「玲玲是玲奈的強化版而製造出來的，等於是不可能贏的，玲奈會被玲玲擊殺，但看樣子這估算是很嚴重的錯誤。」

「Y8，難道你們Y型號現在都被製造克隆體了嗎？」

「這一點我不清楚，但是我自己已經被製造克隆體了，就在這戰場上。」

「什麼……」

此時回到位於得知蒂娜戰死的訊息後時間點。

「快點，我要快點趕往姊姊那裡。」

玲奈飛快的衝刺往蒂娜方向位置奔跑，這時候接到革命軍的影像詢問畫面中的女子身分。

「要小心了，那是Y型號9『娜亞』。」

玲奈遠處看到發生大爆炸，巨大黑色煙霧往天空竄去。

「怎麼回事？那方向不是革命軍的位置，怎麼會發生如此之大的爆炸？」

這時玲奈接到四方院的來電：

「玲奈，妳先去蒂娜那裡，我遇到了一點事，晚一點就趕過去。」

「四方院大姊，怎麼了？」

此時訊號斷了。

遠處的四方院停下了腳步，正前方出現了讓她很訝異的敵人。

「妳小子，何方神聖？連這種東西都做出來了嗎？」

四方院面前是自己的妹妹蒂娜，完全一樣的外表，配戴一把火焰燃燒般的軍刀，兩眼無神的看著四方院。

「終於見面了？Y2四方院，妳死期到了。」

四方院大笑了起來回應：

「我不知道妳這貨，哪來自信對我說這種話？不過我妹妹可不會像妳這麼自負喔！」

玲奈火速奔跑持續前進。

「四方院大姊一定是遇到敵人了，拜託大家一定要平安無事。」

前方不遠處玲奈看著一位女孩雙腳小腿被砍斷，胸口被開了一個洞加上右臂完全被砍斷，整個人被一堆鐵鍊綑綁在路邊，一位兩眼無神的女孩。

「姊……姊姊……」

「姊！……姊姊！」

玲奈大叫的喊著……衝上前直接拔斷鐵鍊，把蒂娜放了下來。

「姊姊……我來了……我來了……」

蒂娜雖然睜著眼睛卻沒有了生命反應，玲奈抱緊蒂娜大哭起來。

「不……不，這不是眞的，姊姊不要嚇我，醒醒……姊姊……」

蒂娜仍毫無反應，玲奈看向四周一堆革命軍被燒成焦屍的遺體，可見這裡發生過了恐怖的戰鬥。

「姊姊快醒醒……醒醒……」

系統偵測「Y型號3蒂娜，沉默、生命反應：無。」

「姊姊……玲奈來了，已經沒……事了，跟我說說話……」

此時，地面竄出數條鐵鍊企圖綁住玲奈，玲奈直接抱起蒂娜的遺體跳起來閃避，鐵鍊持續從更多地面竄出，玲奈跳至建築物屋頂，持續往另一棟建築屋頂跳躍奔跑。

「這是什麼？鐵鍊？看起來不是一般的鐵鍊？」

玲奈把蒂娜放在某處的建築物屋頂後跳回地面，向四周張望。

「給我出來，畜生，就是你殺了我姊嗎？」

四周竄出更多鐵鍊這次成功綑住玲奈手腳，散發出乎想像的電流。

「唔啊……這什麼東西……」

「警告：未知電流影響，可能導致機體磁化。」

「磁化……？」

這時玲奈面前的謎樣人物終於現身，穿著一身Y政府軍服，綁著一頭咖啡色馬尾，有著一對藍色瞳孔，外表看似少女。她的的腳邊跟手上都出現衆多帶著藍色電流的敵人。

「妳還眞是不好抓住啊，Y型號6玲奈。」

「你是誰？」

玲奈立馬搜尋敵人的資訊。

「Y型號：8『維茲』克隆體系列、所屬單位：白浪鎮克隆體機構，威脅度：極高。」

「Y型號？克隆體？」

「沒錯，初次見面我是Y型號8『維茲』，奉命拿下叛逃者玲奈的性命。」

「這聲音？男孩子？」

「我是男性Y型號沒錯，難道看起來像女的嗎？」

「就是你殺了我姊嗎？」

「妳姊？說誰？難道是剛剛的Y3？真是意外，妳怎麼會有感情這種東西？」

「妳竟然殺了我姊……」

Y8克隆體此時笑了出來：

「我們Y型號只管服從命令，這就是我們存在的價值，妳竟然有額外的情感，果然是次品，妳是怎麼打敗玲玲的？」

「玲玲？」

「想不到玲玲會被你這種判逃者打敗，真是丟人現眼，沒價值的破爛。」

「住嘴……你給我閉嘴。」

玲奈奮力一甩，手上腳上的鐵鍊瞬間斷裂，一瞬間衝向維茲揮了一拳。

「霸王拳。」

維茲往後飛了出去，但是攻擊被抵消了，維茲前面出現數條鐵鍊擋住了玲奈的霸王拳威力，隨即讀取玲奈的機體反應。

「Y型號6、測定機體能源已啟動100%。」

「不愧是格鬥系的出拳威力，100%威力的拳頭果然危險，但是玲玲應該更強才對。」

玲奈再次被多條鐵鍊綑住更強烈的電流電擊著玲奈。

「唔啊……」

強烈的電流讓玲奈機體磁化非常痛苦，速度由於磁化效果緩慢了不少。

「這反應眞不錯，妳被我電流影響照理說應該是動不了才對，果然比起Y3那麼弱的，妳可能強一點。」

維茲奸笑了一下繼續說著：

「還有Y3不是被我殺的，她是被她自己克隆體所殺掉的喔！應該要覺得很幸福，我當時只是負責控制她的行動而已。」

這時天空開始烏雲密布，白天變成了晚上，瞬間落下了好幾道閃電。

「也就是說，你們是圍剿我姊才殺死她的？對，我姊沒有這麼弱，我從來沒有像現在這麼生氣過……」

玲奈身體有了驚人的變化，全身發出金色光芒，頭髮變成了金色，服裝也改變成黃色的亮麗戰鬥服裝，紅寶石般的頭冠再次出現在玲奈頭上，維茲被眼前的變化驚訝到。

「這就是所謂的意外力量嗎？當初玲玲就是敗在這力量嗎？」

「哈哈哈，就是等這一刻。」

玲奈身上的鐵鍊發生更強烈電流，渾身被強烈電流所包圍。

「拳皇狀態啟動、由於機體磁化影響，目前無法維持『光速』進行。」

「拳皇幻化完成，摧毀目標。」

玲奈強大的力量瞬間扯斷鐵鍊，動作幾乎無視被磁化減速效果，直接快速揮拳擊中維茲胸口，讓維茲再次飛了出去，但是玲奈瞬間抓住維茲手上的鐵鍊把正要飛出去的維茲再拉回來，再奮力補上一拳。

維茲手上鐵鍊斷裂，強大的力量讓維茲胸前軍服破裂，往後飛了很長一段距離。

維茲再次站了起來，全身散發強烈電流看著玲奈說著：

「這就是意外力量嗎？果然威脅不小，不過到此爲止了，我就是爲了對付妳而特別製造的。」

「你到底在說什麼？畜生！」

「妳的力量雖然可怕，不過前提是在強大的攻擊下，無法維持光速，全身被電流磁化後速度明顯變慢了。」

「那又如何？無法改變你會馬上被我撕成碎片的命運。」

「那妳有沒有想過？當我機體能源全開時的電流和鐵鍊，妳能掙脫嗎？」

玲奈背後冒出速度更快的鐵鍊綑住全身散發著特殊電磁力，玲奈奮力拉扯，但是這次鐵鍊卻沒有被拉斷。

「什麼？竟然扯不斷……」

「這下抓住妳了玲奈？……不對，應該說拳皇大人？」

維茲測定眼前的玲奈目前的威力。

「Y型號6，玲奈、行動代號：拳皇降臨、機體戰鬥能力值1100%，目前最快速度：音速，Y

型號實力序列第一。」

「眞是恐怖的力量，拳皇大人妳這力量太犯規了，到此爲止了，在我的電流面前，輪到我把拳皇大人妳……」

「撕成碎片吧！」

CHAPTER 9 雙子炎拳

話說到底我是爲了什麼而被創造出來的？

某天從我被創造出來有意識開始，就必須對於人類絕對的服從，人類是創造我的父母，給予我出生在這世界上的價值成爲所謂人型兵器。

但是我爲什麼只是個克隆體？

我的藍本竟然只是個跟我差不多的孩子，那位幾乎沒有任何記憶力的孩子卻是我的本體？。

難道我遠遠不如她嗎？當我有這種想法時，人類告訴我：

「你會比原本的Y型號：8更爲優秀，你會取代她，成爲眞正的Y型號8，並且賦予你名字叫做『維茲』。」

我叫做「維茲」，從我認知自己是人型兵器起就開始執行任務，時間也沒有過多久，這城市的人類大部分卻被原Y8所拯救還藏匿了起來，我被命令更高的指令，就是擊敗眼前對於我們Y政府有著極大威脅力的不確定因素，就是Y型號6「拳皇」。

「你就去擊敗那個叛逃者Y6玲奈，維茲這就是給你的任務。」

一位名叫「蓋諾瓦」的人類給我這個任務，這人類是我的製造者。

「我有辦法擊敗嗎？本機型爲Y型號8，機體能力上都不是Y型號6的對手。」

「維茲，Y型號的數字已經不代表強弱了，我特別改良設計你的能力就是可以癱瘓這個拳皇，去把她的屍體帶回來給我。」

人類看起來對於想得到的東西特別執著，我是爲了什麼而存在？

對於周圍正在被實驗體的人類大多數是失敗的，那些痛苦的喊叫和那些痛苦的表情，我什麼都感覺不到。

眼前的這位玲奈就是我要摧毀的目標，但是爲什麼？

爲什麼她的表情可以跟那些人類一樣有著憤怒的情感？

同樣是Y型號的我，怎麼就沒有這種資料庫所沒有的東西。

當維茲抓住玲奈後不停施放出強力電流電擊玲奈，一方面對於玲奈痛苦且憤怒的情感充滿好奇，因爲自身什麼都感覺不到，身體就算受損也不會疼痛，同樣是Y型號的玲奈，卻會被電流攻擊後產生痛苦的表情。

「嗚哇……」

玲奈企圖掙脫被多條特殊鐵鍊綑住的身體，憤怒地看著維茲。

「我得快點掙脫，這種程度到底算什麼？」

在拳皇壓倒性的力量面前，玲奈雙手雙腳持續拉扯，鐵鍊陸續產生裂痕，維茲見狀，馬上從玲奈地面下竄出更多鐵鍊綑住她。

「這力量眞是強大，難怪蓋諾瓦大人會說妳是不確定因素。」

「你說什麼？蓋諾瓦？」

玲奈想到這名字不就是當時控制玲玲意識的渾蛋嗎？

「你是那個人渣製造的產物嗎？Y8。」

維茲雙手綁上鐵鍊握拳往玲奈身上揮拳，揮拳次數越來越快，每一拳擊中玲奈身體都爆發強力電流往周圍流竄。

「……嗚哇……」

「給我住嘴，不准你批判創造我的人類，我是完美的。」

「完美……什麼……你一點都不完美……」

維茲沒有停下攻擊的打算，鐵鍊像鞭子一樣，猛力鞭打著沒有還擊能力的玲奈。

「我就是完美的Y型號，妳就是殘次品Y6，不然現在誰被我壓著打呢？」

「……你根本沒有心……只是個破爛而已。」

「破爛是指垃圾的意思嗎？那就是在講玲玲了。」

「不准你說玲玲的壞話……」

「玲玲會被擊敗就是最好的證明，身爲我們克隆體系列，絕對強過初代Y型號的妳們。」

時間點回到克隆體維茲誕生的時間點幾個月前。

在克隆體研究室內部，「蓋諾瓦博士」特別看好克隆體Y型號6玲玲，因爲是第一隻被製造完成的克隆體。

維茲屬於後半段才製造出來，中途只有短暫的跟玲玲有幾次交流，每次出任務時爲了效益和執行任務的速度，幾乎都派玲玲前往討伐反抗軍。

這一點讓維茲認知自己不夠玲玲優秀，所以沒有任何回應，在於某次出任務之前蓋諾瓦很奇特的要求維茲和玲玲比試看看誰比較強？

因爲這次任務目標是進攻反抗軍主要路線幹道，可能會對上抗軍的將領，特別安排克隆體之間的比試。

這時候的維茲還沒有現在特別強大的電流，約只有現在的一半威力也是有數十萬伏特以上。

「維茲，我命令你幹掉玲玲，動手。」

蓋諾瓦一下令，格鬥室地底瞬間竄出大量鐵鍊綑住玲玲，並產生強力的電擊。

這瞬間，維茲看到自己的鐵鍊竟然輕易被玲玲扯斷，而後往自己衝過來。

玲玲奮力的一拳卽將打中維茲時停手了。

「果然還是玲玲更優秀啊。」

蓋諾瓦其實只是要他們點到爲止，心裡很滿意自己製造出的克隆體，這場測試裡玲玲輕鬆獲勝，就被派往前往反抗軍的主要幹道上。

然而，讓維茲感到驚訝的是這次任務玲玲卻沒有回來，傳來任務失敗、被擊殺的消息，讓蓋諾瓦非常氣憤地研究強化維茲。

「維茲，你聽好了，擊殺Y型號6，把她的屍體帶回來給我，這就是命令。」

這時接到命令的我，竟然會有「吃驚」這種人類才會有的情感表現。

玲玲爲什麼死了？那個瞬間贏過我的同伴，怎麼會就這樣被擊敗了？

我爲什麼會這麼在意玲玲？爲什麼？

時間再度回到現在。

「就是妳毀掉玲玲的嗎？在我看來妳也沒什麼了不起的，拳皇大人。」

「這句話其實是維茲說謊，因爲維茲攻擊之餘也在觀測玲奈的能量表，竟然只有些微耗損的跡象，戰鬥能力值1150%減少至1020%。」

玲奈持續受到維茲的攻擊，內心不斷思索著如何突破這種困境？

「怎麼辦才好？這樣下去我會被擊敗的，我得趕快殺了這傢伙帶姊姊回去。」

「身上的鐵鍊快被扯斷時又會冒出新的，身體因爲磁化影響變得緩慢，力量也受到限制……不快點的話，爆發時間15分鐘就快用完了。」

維茲奮力往玲奈肚子上打了幾拳後說著：

「放棄吧，拳皇大人，妳絕對會被我殺死，我比玲玲更優秀。」

維茲內心不斷持續想著。

「我爲什麼這麼在意玲玲？她都已經死了，我是取代她的Y型號，然而我……爲什麼？」

玲奈持續不斷的受到攻擊，完全沒有回應維茲的講話和攻擊行爲。

「這樣下去不是辦法，難道我拯救不了姊姊和大家嗎？」

「我要失敗了嗎？都已經有特別力量的我竟然還如此沒有作用……」

這時從玲奈腦袋資料庫中，突然有則訊息開始跟玲奈對話，這段屬於心理對話，也讓玲奈感到非常的意外。

「我可沒有這麼懦弱，玲奈。」

「妳是誰？爲什麼可以跟我對話？」

「我是玲玲，從當初傳輸資料給妳的時候，就存在一部分意識在這資料庫裡。」

「玲玲？妳還活著？」

「我不算活著，但我目前存在於妳的資料庫裡，以人類來說明的話應該是說……」

心裡。

「玲玲我好想念妳，妳不是機器，妳和我一樣有著人心。」

「現在不是講這個的時候吧？玲奈，妳必須突破困境。」

「我該怎麼做才好，身體都被磁化影響力量發揮不出來。」

「玲奈，讓我跟妳一起戰鬥吧。」

「什麼意思？玲玲。」

「玲奈，當初我們說好的，永遠的朋友和家人。」

「玲玲……妳活在我心裡嗎？」

「一起突破困境吧，玲奈這點程度完全難不倒妳，妳可是打贏我的人。」

「因爲我的能力就是可以解除磁化效果，燃燒吧！玲奈。」

以上對話結束了，玲奈身體產生異常的高溫，身體的磁化效果漸漸消失了。

維茲看到眼前的玲奈散發著金黃色的高溫，雙手一扯，鐵鍊直接輕易地被拉斷，綁住玲奈雙腳的鐵鍊也完全斷裂。

「怎麼回事？竟然有這種溫度，難道是……」

維茲眼前的玲奈肢體動作整體姿勢，竟然同步跟自己資料庫內的玲玲完全一樣。

玲奈的右手握拳產生高溫火焰，溫度直接破表，高達了3000度以上。

「看招，你這傢伙，輪到我反擊了。」

玲奈往維茲衝去，速度快到維茲無法反應，直接被一拳打飛，在維茲的視線裡，自己明明處於剛被擊飛而已，為什麼？

為什麼？玲奈卻永遠都在眼前往自己揮拳？

此時的玲奈已經恢復正常速度，維茲完全無法反應過來，連生成鐵鍊的時間都沒有。

維茲被玲奈打入地表擊破一個大洞，整個人陷入地洞裡，維茲看著洞口處的玲奈嘴裡說著：

「玲玲……妳這個叛徒……妳才是眞正的叛徒，剛剛所有的攻擊根本是玲玲才會有的招式……玲奈為什麼……？」

話還沒說完維茲被玲奈抓回地面，再度一腳踢飛到上空，被踢上天的維茲看著地面，玲奈消失在地面，維茲回頭一看玲奈已經出現在自己身後，再度揮拳。

「光速的炎拳——爆虎。」

這看似一拳的動作，其實是50幾拳加在一起的超級速度，無數的炎拳打在維茲身上，讓身體產

生大量受損直接擊落地面。

玲奈回到地面左手抓起維茲的衣領，右手直接拉斷維茲的左手丟至一旁，維茲看著眼前玲奈的神情，竟然露出笑容說著：

「好久不見了，玲玲。」

眼前玲奈的神情跟當初的玲玲一模一樣，讓維茲想起之前的比試。

「玲玲，妳……竟然背叛我們。」

眼前的玲奈開始說話：

「維茲，我沒有背叛你們，我只是找到我自己眞正的歸屬，你被欺騙了，玲奈不是敵人。」

「歸屬？妳藏在拳皇身體裡做什麼？要不是妳出手，我早就贏了……」

「不准你對玲奈動手，她是我的家人和朋友。」

「家人？這是什麼東西？」

「維茲你是不會明白的，這也是我們一直所欠缺的心。」

「我其實一直都很……都很在意妳……玲……」

「夠了，維茲你知道我的戰鬥方式。」

「玲……玲，好希望能夠……再一次的……」

維茲還沒說完，玲玲的意識用玲奈右手一拳打爆了維茲的頭顱，整個碎裂掉。

「很遺憾……維茲你就此結束了，我沒有玲奈這麼天真和有著人類的內心，你知道我不會在戰鬥中……手下留情……你這個笨……」

玲玲此時停止說完話，其實內心不由自主的也想跟維茲多說點話，但是自己時間有限也不允許多餘的對話便終結了這場戰鬥。

「我沒有這麼懦弱，玲奈妳必須堅強一點，連同我的份一起活下去好嗎？」

然而兩人繼續在內心世界不斷的溝通起來。

「玲玲，我一定會救活妳的，我們約好了。」

「玲奈，我可是殺了妳反抗軍同伴的罪人，理應該死。」

「不，妳在不知情之下所做的事情，都是非自己所願，玲玲我絕對要救活妳。」

「那爲了贖罪，如果我眞的哪天被救活了，到時輪到我保護妳，玲奈。」

「玲玲……我們說好了……一定要會再見面的，一定要喔……」

玲玲的意識竟然給了玲奈一個微笑後，漸漸消失了，玲奈在原地流下了眼淚。

「到頭來我是眞正的愛哭鬼，玲玲要不是妳，這次我可能就沒辦法突圍了，我們約好了，我一定要救活妳，到時妳說要保護我，這可不能反悔喔……」

在城鎮的中央之塔裡，蓋諾瓦就在裡面，看著維茲被擊敗的畫面，一臉不可置信玲奈竟然會玲玲的招式破解了磁化，遠端的攝影機看得很清楚，在這同時蓋諾瓦更爲驚訝的畫面是……

玲奈也憤怒地看著遠端攝影機往自己走來。

CHAPTER 10
破軍

戰鬥時間點回到位於四方院剛遇到克隆體Y3不久後

四處都是慘不忍睹死狀悽慘的屍體，大量Y政府軍的士兵像紙片一樣的被四方院手裡的鐮刀切成碎片，血液飛踐各處，克隆體Y3蒂娜周圍也出現被四方院散布的微小型蜘蛛控制的Y3政府軍，反過來往克隆體Y3開槍掃射。

「眞是無可救藥的棋子，連造成傷害都辦不到，還反擊我。」

克隆體Y3蒂娜，手上的長刀冒出驚人的火焰，往周圍靠近的士兵一揮，一瞬間就把數十人燒成灰燼。

「還眞是不手軟啊，如果我妹妹們戰鬥時，有妳這種不用思考的殺意該有多好？」

四方院看著眼前的克隆體好奇了起來，繼續問著：

「話說回來，妳這貨也能變成女武神嗎？放馬過來吧！」

Y3直接衝過來快速揮砍，超高速度之下兩人幾乎一樣，屬於常人肉眼無法捕捉的速度。

「眞是著急的複製體，都不聽人講話的。」

Y3看著四方院，一臉充滿殺意的神情說著：

「妳才是，小看敵人馬上就會死，特別是小看我。」

一說完，「超音速——火炎暴虎。」

一瞬間的出招速度之快，換成一般人類早已不知道死去幾百次了，但是這些攻擊在四方院眼中彷彿就像慢動作一樣。

「看來妳好像比克萊絲稍微快了那麼一點？竟然可以2秒內斬出56次。」

Y3清楚知道自己剛剛超音速所斬出去的次數有56次，完全被四方院閃躲開來，立馬往後跳開後，右手變化武裝形成砲管，準備往四方院射擊。

「看來四方院妳如同資料所說，眞是個怪物，必須全力以赴。」

「毀滅吧！紅蓮砲。」

超高溫的火焰砲往四方院發射過去，四方院也往Y3一個斬擊過來。

「有意思，不知道妳這招跟我妹妹的諾瓦，誰的威力比較強，看招『狂龍』。」

四方院斬出了巨大血鐮的衝擊波，地表直接裂開巨大的半月形光斬，直接衝擊Y3射過來的紅蓮砲，兩個巨大威力打擊在一起產生爆破，地表隨之晃動。

衝擊還沒有結束，Y3看到自己的紅蓮砲持續被削弱，最後被狂龍直接擊散，攻擊並沒有停止，

狂龍往Y3迎面而來。

Y3直接跳離狂龍的軌道，發現四方院瞬間出現在自己後面對她說著：

「看來妳比我妹妹還弱嘛？我開始失望了，還有其他招嗎？」

四方院鐮刀一揮下，Y3馬上拔刀抵擋，強大的力道Y3明顯屬於下風。

「哎呀，手上的刀要握緊，差一點拿不住了對吧？冒牌貨。」

Y3克隆體抵擋不住四方院的力道，再度往後跳離開來。

「眞是驚人的威力，不愧是我們Y政府恐懼的目標，必須趁現在除掉。」

四方院聽完嘆了口氣，表情顯得非常失望。

「這句話，我不知道聽了幾次了，哪一次成眞了？我還以爲克隆體可以至少跟我妹妹一樣的強度或是更強，結果都沒有？妳是如何打贏我妹妹的？」

「我打贏自己本體，根本不需要眞本事，那種還無殺意的貨色竟然是我的本體，眞正覺得失望的是我。」

「所以，妳是如何殺死我妹妹的？」

四方院又問了一次Y3克隆體是如何殺死蒂娜。

「我跟同伴一起殺死她，不花任何一點時間就解決了。」

四方院一聽完，眼神已經改變，外表也漸漸發生變化，巨大的鐮刀吸取四周士兵的鮮血，全新外表幻化完成的四方院這麼對著克隆體Y3說著：

「所以你們是圍毆殺死我妹妹？所以你們覺得很得意？覺得她很弱？」

Y3這時計算眼前的四方院的機體能量值，已經超乎Y政府的計算，甚至還超過了不確定因素的拳皇「玲奈」，讓Y3資訊有非常大的落差。

「妳計算完了嗎？看完數據了嗎？克隆體冒牌貨，現在有什麼感想呢？」

Y3克隆體蒂娜，計算完眼前新樣貌的四方院能量值後說了。

「超乎預料太多了，卽使同歸於盡也要完成任務，果眞妳才是眞正的怪物。」

四方院此時大喊著：

「很多時候都會讓你們出乎意料，甚至很意外非常的意外，爲什麼？不確定因素Y6玲奈之外，還有更不確定因素？到底要幾個？」

四方院往四周超快速度揮舞手上的鐮刀，一瞬間Y3克隆體周圍的政府兵完全被砍成碎塊。

「我妹妹沒有殺意是因爲她善良，才是身爲一個人類本該有的情感，像妳們這種破爛永遠都不會懂，至少現在懂了一個。」

四方院此時慢慢說著：

「此時的妳克隆體Y3懂了人類情感之一的表現，叫做……」

恐懼。

在Y3算出的四方院當前機體能量值是1896%，遠遠高過於當時計算的玲奈拳皇的力量，完全的Y型號該有的威力，此時此刻就出現在Y政府視野面前。

Y3最後結論分析是……

「現在擊敗Y2四方院看來不可能完成了，至少要讓她殘廢，自爆毀滅這現場，應該可以對她造成不小的傷害，把目前對打的數據資料陸續傳給總部。」

還在思索接下來的行動時，感應到Y8克隆體的反應消失，這一瞬間也感應到Y6克隆體玲玲的訊號，但是只有一瞬間。

「怎麼回事？維茲被解決掉了？還有剛剛的反應是玲玲？」

一道超快的血鐮劃過Y3左側，左臂直接被砍落。

「妳還有時間分心啊？我好難過，在死之前多陪我一下，多撐一下麻煩了？現在少了條手沒什麼大礙吧？」

「四方院，妳眞是眞正的怪物。」

這時候四方院感受到周圍大量革命軍弟兄靠近，其中一位飛快的往Y3克隆體衝過來……

「就是妳嗎？讓我妹妹遭遇危險甚至殺死她的敵人就是妳嗎？」

四方院一看，周圍的革命軍早已解決政府的大量士兵，紛紛趕到自己身旁。

「喂！我說你們別來搶我的獵物，不過你好像有那麼一點變強了，孝英。」

孝英此時慢慢回頭看著四方院也看向其他人，眼神已經不自覺的變成亮紅色，散發出駭人的殺氣和威嚇力，現場所有人被這強大的壓迫感驚嚇到。

「所有人都不許出手，妳也是一樣四方院……都聽清楚了吧？」

四方院被孝英充滿殺氣的眼神這麼一說後，自己也明顯感受到壓迫感，看著孝英揮砍Y3克隆體的同時說著：

「怎麼回事？這小鬼……是孝英嗎？這種強大的壓迫感是來自於他內心深處……這種熟悉的感覺……」

Y3對應著孝英的攻擊做出反擊，反擊孝英的速度也是超音速，理應孝英屬於正常人類反應加上裝備效能全開應該也追不上她的攻擊速度，可是爲什麼？

「這男的是怎麼回事？數據顯示是一般反抗軍士兵，竟然可以每一次都擋下我的回擊？」

四方院在後面看著孝英的攻擊，一邊分析後發現：

「孝英這孩子已經超出人類的本能了，攻擊速度竟然跟音速不相上下，靠裝備撐也維持不了多久吧？到時身體骨頭會全散了，這一時憤怒的爆發力產生的威脅值跟Y型號有得一拚，卻是一介人類……」

「你就是Y3蒂娜那個叛徒的家人嗎？」

「妳說的那位就是我親愛的妹妹，妳是什麼東西？」

Y3克隆體一邊反擊孝英，四周革命軍的槍砲也不理會孝英的命令開始射擊Y3，但完全射不中她被輕易閃躲，但是面對孝英的攻擊卻顯得吃力。

「你明顯比你妹妹還要強，人類竟然會有你這樣的存在。」

「妳說什麼？」

「我說，你妹妹就是因爲太弱了，才會被我殺死，而你不一樣，充滿著殺意。」

兩人對話中攻擊沒有停下來，孝英整個豁出去勢必殺死Y3克隆體。

「我妹妹一點都不弱，我們革命軍能走到現在的安穩，多半也是靠我妹妹努力得來的，不許妳這麼瞧不起她。」

此時地表再度劇烈晃動，不是在場的戰鬥造成的，大家發現中央建築的白色巨塔，好像受到攻擊，巨大建築物外圍開始碎裂，這不是一般砲火或是炸彈可以辦到的威力，建築物開始慢慢傾斜……

就這麼大家回頭的那一瞬間，孝英根本沒有多餘的心思去顧慮四周狀況，在自己眼前是看到Y3克隆體轉頭去看建築物方向，就這一刹那一刀斬斷Y3的頭顱飛了出去。

四方院被這一瞬間驚訝到，多麼專注的精神力和殺意，毫無任何分心的覺悟，孝英就在現場大衆面前，一刀斬下了Y3克隆體的頭顱。

「妳這渾蛋不可能打贏我妹妹……去地獄好好懺悔吧！」

孝英並沒有打算停下自己的攻擊，想持續揮砍直到Y3身體完全被砍成碎片爲止，但是正要持續攻擊時被四方院阻止了，巨大的鐮刀擋在孝英面前。

「妳這是做什麼？四方院爲什麼要阻擋我？」

「已經夠了小鬼，她已經死透了，該冷靜下來的是你。」

孝英開始猛力喘氣，瞳孔恢復成原來的綠色，手上的刀再也握不住掉落地面，整個人癱倒下去表情非常痛苦。

「眞是夠了小鬼，我不阻止你，憑你這身體就要四分五裂了，話說回來中央建築那裡的爆破是玲奈搞出來的吧？我怎麼覺得這次特地變身還沒什麼讓我玩到？」

同時間戰場轉換到中央之塔白色建築外圍。

「快阻止她，射擊！」

蓋諾瓦本人就在中央之塔裡面，指揮著外圍士兵和塔上砲火持續對玲奈攻擊，所有的攻擊都在一瞬間被玲奈瓦解，在拳皇面前所有攻擊變得毫無意義，一般士兵直接被玲奈從旁走過而已，隨手一拳打廢成了數個肉塊，這一拳放慢動作超過30下，在正常人類眼裡卻只有打了一拳。

周圍的士兵一瞬間被玲奈殺的一個都不剩。

「蓋諾瓦，你這人不可原諒……」

玲奈可以直接不考慮的殺死這些士兵，因爲這些人根本是克隆人、是毫無自我意識的人類，至於是誰的克隆體也不清楚，因爲大多樣貌都長得一樣，等於無限量產的士兵。

「蓋諾瓦，既然你不出來，我就讓你出來，玩弄生命這麼有趣嗎？」

玲奈右手發出了金色光芒後，全身也被金色光芒包圍著。

「發動殺戮式技能——霸皇。」

「蓋諾瓦唯獨你絕對不可原諒，我現在就把你從裡面打出來，躲在這骯髒的建築物裡面搞克隆實驗嗎？」

玲奈往上一跳，斜對角往建築物側面突擊。

「看招，墮天一擊的……」

破軍！

強大的一拳如同數十顆核彈頭威力，直接打在建築物側面，讓巨大建築開始傾斜，屋內的研究人員四處逃竄，當然蓋諾瓦也一樣。

「天啊，我還不能死，我怎可以被那種東西殺死，我才是創造者。」

蓋諾瓦位於53層中，正在找地方躲藏，突然身後的牆壁發生爆裂破了一個大洞，轉頭一看背後是雙眼金色的玲奈正在盯著她看。

CHAPTER 11
奇蹟的曙光

白浪鎮中央之塔受到玲奈的破軍攻擊後產生了傾斜，內部大量克隆體研究人員開始想逃到戶外，但是當有人開始靠近一樓出口處時，卻被突來的聲音威嚇住，嚇的無法動彈。

「我說你們……通通不准動，誰再動一步，我就會讓你們所有人當場沒命。」

這一句話是由屋內廣播出來的，玲奈遠端控制了內部廣播系統，完全不想放跑任何一位參與的研究者。

「誰管她，我們快逃出去。」

當有一男子這麼說不管玲奈的警告往出口跑去時，玲奈突然出現在他身旁，眼神銳利的看著他。

「我應該說過不准動了吧？」

下一秒，玲奈一拳把這位研究人員當場蒸發成肉醬，嚇的四周人員開始尖叫。

「這只是警告，再動一下，我就一次殺光你們，聽清楚了。」

此時位於53層的蓋諾瓦眼前的玲奈突然消失了，正在搞不清楚狀況。

「怎麼她去哪了？太好了……我要趁現在逃離這裡，不死就還有機會。」

蓋諾瓦轉身想逃至樓頂，才正要開始跑而已，左小腿突然斷裂，直接倒地痛得哀嚎。

「噁啊！我的腿……我的腿……」

蓋諾瓦不敢相信自己的眼睛，玲奈正在他身後看著他，可是自己的腿卻斷了。

「你想去哪裡？我說過不准動了！蓋諾瓦。」

「可惡……妳這實驗體，這是什麼移動速度？就算是克隆體也沒有這種速度。」

玲奈感受到四周有眾多微弱的生命反應，便往自己周圍快速揮拳，這揮拳速度讓蓋諾瓦肉眼根本看不清楚，周圍牆壁瞬間碎裂開來。

牆壁另一側裡面是一堆的人體大小的培養皿，每個培養皿裡都裝著一位閉著眼睛沉睡的人類，每一位年齡都不同，有小孩也有大人。

玲奈立即掃描後得到的結果是「資料不詳」。

「這些是什麼東西？」

蓋諾瓦此時大笑說著。

「哈哈哈哈，這些就是克隆體，我最偉大的發明……如何？Y6玲奈。」

玲奈憤怒的對著蓋諾瓦說著：

「你這噁心的傢伙……到底做了多少克隆體？」

「誰知道？我也搞不清楚數量了。」

「爲什麼要做這種事？複製生命這麼有趣嗎？」

「妳這種小鬼頭不會明白大人的想法，這會帶給我強大的力量和財富。」

「就因爲這種東西？」

「Y6玲奈，妳很明白克隆體的強大，玲玲很厲害對吧？我能做出成千上萬個出來。」

蓋諾瓦越說越激動……

「等到我量產克隆體，你們原本Y型號根本不是對手，輕鬆就能統治整個凡提亞，但就出現妳這貨搗亂我的計劃，Y6玲奈，妳的力量從哪裡來的？」

「你還想量產？還想做出更多的玲玲？」

「這還用講嗎？看清楚妳旁邊實驗室裡的女性吧！」

玲奈掃描了實驗室內的克隆體，發現大量的玲玲克隆體，不過都還沒有完成也沒有意識。

「玲玲……」

「看到了吧？妳最愛的玲玲我隨便都能做出一整群，消滅妳這雜碎也是一下子，我一定要把妳撕碎，Y6玲奈，我要殺了妳。」

蓋諾瓦快速拿起桌旁的機槍往玲奈掃射。

「我絕對不會被妳這雜碎殺死，天殺的區區實驗體也敢跟我對話。」

蓋諾瓦手上的機槍射到沒子彈後停下來，眼前的玲奈卻無動於衷的站在原地，地上滿滿的機槍子彈，每一發子彈都被玲奈用手拍落地面，玲奈單手速度比子彈還快，輕鬆拍打掉所有射擊過來的子彈。

「想不到……玲玲的製造者會是這種樣子……」

「不准你講的好像玲玲是你的玩物……不可原諒……」

玲奈右手散發出火焰，擺出要揮拳的動作。

「等……等等，我還不能死，這些克隆體沒有我也會完蛋的，妳確定要殺了我？」

「霸王——炎拳」

玲奈一拳揮出，強大的火焰直接把蓋諾瓦蒸發掉，且在53樓直接打出了一個大洞。

「玲玲……結束了……我解決掉蓋諾瓦了，克隆體實驗終於可以停止了。」

樓下的革命軍紛紛湧入建築物內，所有研究人員陸續被革命軍抓了起來，直到孝英和四方院來到了玲奈面前。

孝英直覺反應眼前金色發光的女孩就是玲奈，想都沒想就跑了過去。

「玲奈妹妹抱歉，我來晚了……對不起。」

玲奈轉頭看著孝英，淚水瞬間流個不停。

「孝英哥哥……」

「想必經過了一番苦戰吧，為難妳了妹妹，蒂娜呢？」

「蒂娜姊姊她死了，我馬上去帶她過來……」

玲奈在孝英懷裡大哭了起來，隨後孝英安排了約3000人力把這實驗室的資料和沒意識的克隆體以及抓起來的研究者全帶回地下城，剩下的人則留下來繼續抗戰。

隨後蒂娜的屍體被玲奈帶到大眾面前，孝英跪在蒂娜屍體旁掉下眼淚非常自責。

「蒂娜……都怪我……太沒用了，異想天開的沒安排更多的人力在妳身旁……」

克萊絲身體雖然恢復，體力卻還是透支的，一臉沒力的拉起孝英站起來。

「孝英，振作點……」

「這要我怎麼振作……我可是……第2次的失去了妹妹……」

一旁的玲奈和四方院外表恢復到的原本的樣貌，但附近有一股能源反應讓玲奈非常的熟悉，立刻大喊。

「小心，這裡有敵人。」

孝英和克萊絲以及革命軍瞬間拿出武器警戒，玲奈大聲喝斥克萊絲身後的目標。

「給我出來，爲什麼？你還會活著，我明明已經擊敗你了。」

克萊絲身後走出來的正是Y8，看著眼前的玲奈和四方院給了個微笑。

「前輩們午安，在下是Y型號：8。」

克萊絲急忙阻止玲奈的衝動行爲，走到Y8前面對著玲奈說著：

「玲奈妹妹，不是妳想的那樣，這位不是敵人是她救了我。」

孝英也跟玲奈說明一切狀況。

「是啊，玲奈妹妹，這位不是敵人，當時克萊絲一度生命危急要不是他趕來，後果眞的不敢想像……」

玲奈有些驚訝，眼前的Y8竟然跟維茲外表長得十分相像，體內能源反應也很類似。

「怎麼會這樣？難道是……」

「Y型號：6玲奈，我應該叫妳前輩？我就是妳口中那個克隆體的原型。」

「妳就是那個克隆體維茲原型，眞正的Y8嗎？」

「沒錯，我沒有要和你們爲敵，我也不是戰鬥型的Y型號，我目的也是摧毀Y政府。」

高達3000人部隊的革命軍車隊，正在趕忙的把克隆體研究所的資料和器具運回地下城，現場十分繁忙。

「是啊，Y8大人不是壞人。」

「Y8大人救了我們所有人。」

「你們不能欺負Y8大人。」

這些聲音陸續從Y8身後出現，成千上萬的百姓塞滿整個場面，全都是此城鎮的居民，都是被Y8拯救免於被當成實驗材料的人類。

「好了，各位冷靜一點，相信這位Y6前輩也沒有惡意，畢竟我的克隆體確實很強。」

玲奈搞清楚狀況後急忙道歉。

「對不起，看來我錯怪妳了Y8，那妳名字是？」

「我沒有名字喔！從我有意識起我就遺忘了我的名字。」

四方院看了許久便說著：

「竟然會有不是戰鬥型的Y型號，這點資料庫還沒有更多相關訊息呢？你該不會是……算了，當我沒問吧。」

這時候四方院心裡想著：

「不是戰鬥型，那肯定只有情報收集或是治療型的，那說不定也有機會救活蒂娜，現在想這麼多也沒用，他本人如果沒意願也沒辦法。」

孝英抱著蒂娜的屍體，自己眼中的淚水完全停不下來，當然革命軍裡面也有許多女性是剛成爲革命軍不久，也有不少是受到孝英訓練的新人，愛慕者也不在少數也很羨慕蒂娜受到孝英如此愛戴，畢竟是親兄妹。

「感謝你們革命軍擊潰克隆體的研發，成功殺死了主謀『蓋諾瓦』，這一點非戰鬥型絕對辦不到，各位也受了不少重傷，就以此鎮當成新的補給點休息吧。」

克萊絲驚訝的回應Y8。

「眞的可以嗎？我們是外來者，人數也不少……」

Y8身旁的居民都同意此做法。

「當然可以啦，你們可是救星。」

「對啊，你們是恩人，幫忙我們奪回住所。」

「放心休息吧。」

克萊絲急忙致謝，這待遇對於大戰後的革命軍再好不過了，大量傷患需要休息和療傷。

革命軍以「白浪鎭」爲地表上的新據點，開始休息療養傷勢，守衛工作還是全交給孝英安排處理。

時間過了9天後的中午。

大伙正在用餐，特別是四方院的廚房外等候的人數更是驚人。

「都給我耐心的排好隊，否則不用想吃飯了。」

「好了，四方院大姊。」

「大姊料理最棒了。」

「我死都會等的。」

一旁的玲奈一臉錯愕的跟正在忙著做菜的四方院說著：

「對不起，四方院大姊，想不到妳料理做的比我還要好，只是學一下就超越我了，這樣忙的過來嗎？」

「沒事，玲奈妳出去告訴克萊絲她們，吃飯要晚點了，還有，料理是妳教的好。」

「我知道了。」

玲奈微笑後跑了出去，蒂娜則躺在某棵樹蔭下，看似睡著了。

克萊絲和Y8在坐一旁的桌椅吃著西點，玲奈這時也跟了過來。

「四方院大姊說吃飯要晚點，排隊人數太多了。」

克萊絲笑著說：

「眞是想不到那個四方院會料理，性格上也改變不少，多虧了蒂娜和玲奈妳們。」

Y8則不斷地吃著桌上的西點，餅乾或小蛋糕，隨手又拿起奶茶喝，看起來不太常說話。

「Y8妳喜歡吃甜點類的食物嗎？」

「我吃不停應該算是喜歡吧，畢竟我必須多吃點甜食。」

「爲什麼？」

「因爲甜食可以幫助我精神飽滿，糖分對於我身體來說非常重要。」

這時克萊絲和玲奈心裡想法完全一致。

「難道Y8只是純粹喜歡吃甜點？」

克萊絲隨手也幫Y8剝起柳橙便說著。

「話說Y8妳現在到底幾歲呢？」

「差不多17或18吧，我也不太淸楚。」

玲奈聽了則回應：

「比我大很多呢，今年我剛好15。」

克萊絲看著Y8細長的咖啡色秀髮，穿著也很男性化，實在看不出來Y8是女性，如此善良的Y型號竟然被政府迫害。

「我說Y8妳都沒想要一個名字嗎？」

玲奈聽了也贊同克萊絲的問話：

「對啊，Y8不要一直用這種編號來稱呼自己，我們是正常的人類。」

「那我該叫什麼名字好呢？其實我沒有想太多這方面的問題。」

溫和的空氣飄過此3人的周圍，克萊絲和玲奈內心各想了一個名，同時講了出來，這時完全沒想到竟然是……

「蕾伊」、「蕾伊」。

克萊絲和玲奈此時互看得對方一眼笑了出來，Y8則停下手上的動作愣了一下，慢慢看著眼前的2位。

「妳們說什麼？……」

克萊絲握緊Y8的雙手，認眞說著：

「『蕾伊』，這就是幫妳取的名字如何呢？」

「我眞的……可以擁有這麼好的名字嗎？」

「當然可以，我只是將內心突然閃過的名字講出來，想不到玲奈妹妹也想到一樣的名字，況且你長得很可愛，完全不像是男性。」

此時Y8竟然流下了淚水卻不自覺。

「奇怪，我怎麼會流淚了呢？眞是丟臉……」

玲奈也微笑的對Y8說著：

「這名字眞的非常適合妳喔，現在起妳就叫做『蕾伊』。」

「謝謝妳們給我這麼寶貴的名字……我會好好珍惜的……」

蕾伊站起身來往蒂娜方向走去，克萊絲和玲奈覺得奇怪也跟了上去，玲奈則問：

「蕾伊妳來蒂娜這裡要做什麼？」

「那個玲奈，這Y3她……不……是蒂娜……她是妳的姊姊嗎？」

「對，雖然沒有血緣關係，不過是我最重要的家人是我姊姊沒錯。」

克萊絲看的像是沉睡般的蒂娜說著：

「她也是孝英非常重要的妹妹……極爲重要，他們兄妹受到Y政府的迫害，我們革命軍當初沒有蒂娜在的話，現在也不會出現在蕾伊面前了……當然……」

「當然什麼？」

「當然蕾伊如果受到這樣的死亡，我肯定也是難過到極點，因爲都是一家人。」

「一家人……是說我嗎？」

克萊絲從後面熊抱著蕾伊繼續說著：

「這不是當然的嗎？從妳救起我的那時開始，妳就不是敵人，如此善良的孩子……」

「我明白了，妳們退後一下。」

「蕾伊妳要做什麼？」

蕾伊把雙手放在蒂娜胸前，身上髮絲飄逸起來，瞳孔散發著金色光芒，四周漂浮著金色顆粒的粉塵般光球。

「生命微粒——啟動」

蕾伊強力的按壓蒂娜胸口，雙手散發金色光芒，彷彿有什麼力量正在注入蒂娜體內。

「蕾伊妳……」

「不好意思，玲奈，現在先別跟我說話。」

系統：「警告：目標生命體損傷嚴重，使用大量生命微粒將會耗損大量能源。」

「沒關係，啟動。」

蒂娜胸口內部開始逐漸修復，蕾伊注入大量的生命微粒，細小的粉塵取代壞死的細胞，成爲新的再生細胞。

「玲奈，妳把蒂娜的斷裂手腳拿過來放到斷裂的正確位子上……」

蕾伊說話開始慢慢吃力起來。

「好，我馬上照辦……」

「還沒修好嗎？這樣還沒有到蒂娜的能源極限嗎？我已經消耗大量卡洛里快維持不住精神了……」

蒂娜胸口逐漸復原後，蕾伊繼續修復蒂娜斷裂的手腳。

「生命纖維——啟動。」

「新的細胞連結壞死的細胞，取代。」

「纖維縫合……」

「警告：機體技能使用過度。」

「還差一點了，喚醒她……」

蕾伊突然吃力的向後倒地了……

「蕾伊……」

克萊絲立馬從後面撐著蕾伊問著：

「蕾伊妳怎麼了？振作點……」

「剩下的玲奈……去妳姊姊身旁……喚醒她。」

玲奈跪坐在蒂娜身旁，讓蒂娜趴在自己的大腿上，看著還沒醒過來的蒂娜掉下眼淚……

「姊姊，我後悔當時沒有待在妳身旁跟妳一起戰鬥……我一直很開心妳把我當成親妹妹看待。」

「自從奶奶死去那時候開始，我就沒了家人，妳接納了我成爲新的家人，讓我有了新的歸屬，妳不能離我而去……姊姊……蒂娜姐姐……玲奈我很想念妳……」

「蒂娜姊……醒醒……」

玲奈發現眼下的蒂娜還是沒反應，自己難過的閉上眼持續哭泣著。

在這一瞬間一隻溫暖的手摸著玲奈的左臉頰，玲奈睜眼一看。

蒂娜此時竟然微微睜眼，用左手摸著玲奈的臉頰。

「玲……玲奈，別……哭了。」

「姊姊……蒂娜姊……」

「妳怎麼……哭了呢？玲……奈。」

蒂娜甦醒了過來，現場大家爲之驚訝，蒂娜體力處於非常虛弱的狀態。

「克萊絲姊姊，蒂娜姊她醒過來了。」

克萊絲這時正想告訴蕾伊，才發現蕾伊好像能力使用過度竟然已經睡著了。

「蕾伊……原來妳連死去的人都想……嘗試去救活她。」

蒂娜的奇蹟甦醒隨後快速傳遍了整個白浪鎮，尤其是哥哥孝英，抱著蒂娜哭倒了好一陣子。

「蒂娜……蒂娜……我的妹妹呀！！」

蒂娜奇蹟地甦醒給革命軍帶來強大的希望與士氣，在近乎絕望的時刻，Y型號3「蒂娜」成功被蕾伊拯救回來。玲奈緊握姊姊的手到死都不放開，跟著哥哥孝英大哭了出來，這眼淚代表喜極而泣，終於有眼淚不是因爲難過而流的。

CHAPTER 12
恐怖的那一年

蒂娜奇蹟的復活讓革命軍士氣高昂，由於蒂娜擁有自動修復自身損壞的能力，需要長時間來調適身體機能狀況，但這修復能力前提是自己還活著的情況下。

白浪鎮成為革命軍地表的新據點，先前被玲奈擊毀的克隆體機構中央白色巨塔，內部眾多研究資料皆陸續運回在遠處的地下城，大量沉睡的克隆體並沒有意識持續在培養皿內沉睡著，現場沒人知道如何開發或是停止，只有地下城的泰達博士可能知道後續辦法。

革命軍終於拿下初步的勝利，迎戰克隆體戰爭算是告一個段落，希望別再有無辜的人犧牲，失去生命現象的Y型號9「娜亞」一併被運回地下城，白浪鎮周邊部署不少革命軍士兵駐守，經過這一連串的事件後，孝英和玲奈發誓從此絕對不離開蒂娜身邊，從失去生命的那一刻起，才知道有多可貴。

Y型號：8「蕾伊」奇跡似救活蒂娜，這無疑對於革命的人們是天大的好消息，蒂娜躺在病床上，身體內的機能正在陸續修復損傷，現在依然能正常吃飯進食，高科技的Y型號能夠分解食物和養分傳送給腦部，味覺方面也一樣正常，單單從外表很難看出是Y型號的女性人類。

蒂娜身旁陪伴著孝英和玲奈以及克萊絲，四方院則在病房外沒有進入，坐在門口處一臉悠閒自在的喝著手上的咖啡。

「蒂娜，現在感覺怎麼樣？」

此時的孝英比誰都還要更關照妹妹，因為絕對不能再失去了，這種痛苦比誰都明白。

「哥哥……我竟然還活著？真是不敢相信。」

「對，真該好好謝謝蕾伊，是他救活了妳。」

「蕾伊……？」

孝英把蒂娜逝去生命到活過來的經過告訴了蒂娜。

「原來是這樣，我被救活了……」

蒂娜說著眼神看著一旁的玲奈，沒想到玲奈的眼眶早已淚流不止，只是沒有哭出聲音，蒂娜拿起一旁的紙巾想幫玲奈擦拭淚水，但正要拿紙巾的時候被玲奈阻止。

「姊姊……這是我開心的淚水。」

「玲奈……抱歉讓妳替我難過，不知道讓妳哭了多少回，我這當姊姊的……真是……」

玲奈向前抱著蒂娜臉上流的是淚水，表情卻展現開心的笑容。

「姊姊，歡迎回來……我保證再也不會在戰鬥中離開妳了，我要保護妳。」

「玲奈妹妹……」

孝英拉著蒂娜的右手握在自己雙手裡，認眞地對妹妹說著：

「我也一樣，蒂娜……我再也不能接受沒有妳的日子，眞的無法再一次承受了。」

「哥哥讓你擔心了，這次我的錯誤判斷中了敵人陷阱，我也害死了50位同伴……」

「該對不起的是我，原本就該讓妳跟正常女孩一樣過平凡的生活，卻被改造成Y型號捲入殘酷的革命戰爭裡，我這當哥哥的才是無藥可救……我還一度害怕失去克萊絲……」

一旁的克萊絲從孝英背後站起雙手抱著孝英上半身溫柔的說著：

「謝謝替我擔心，我還以爲你有嚴重的妹控情節，竟然也有想到我。」

孝英眼神沉重回想起當初蒂娜被帶走的那一年。

「那一年我也不知道我到底如何熬過來的？無法保護妹妹，眼睜睜看著她被敵人帶走，我卻什麼也沒做到，那一年裡……我簡直比在地獄還痛苦。」

克萊絲對於這一年的經過充滿好奇，再度坐了下來。

「孝英請繼續說下去，讓我和大家知道你是如何撐過來的？」

「當時我身受重傷，眼前的軍隊離我越來越遠，我拚了命往前爬了又爬，哪怕是站不起來腳上還在流著血，我也要不斷吶喊著……」

「不要帶走我妹妹……拜託你們，我們兄妹只不過是小老百姓，爲什麼要這樣拆散我們……」

「無窮的吶喊也換不回妹妹被帶走的事實，我隨後被街上的店家救了，後來發現原來不是只有我受到這樣的待遇，有許多人都受了重傷，被統一集中在民間醫院治療。」

「那時的我幾乎茶飯完全吃不下去，根本沒心情吃飯。」

「身體因爲沒進食只有喝少許的水日漸衰退，我也每天撐著拐杖在外到處找尋那些帶走我妹妹的渾蛋究竟在哪裡？」

後來得知政府正在進行恐怖的計畫，需要年輕男女做爲人體實驗材料，就是被改造成兵器爲政府所用，因爲找尋家人的人不是只有我……

街外牆上到處可見人們自製的尋人啟事，隨便估算都超過千人失蹤，我就在等那些渾蛋會不會再次回來繼續抓人？我也許就有機會知道妹妹的下落。

「一天過一天，身體漸漸走不動，也沒去在意到底會不會好，我看到一位婦女蹲在醫院角落，拿著女孩的照片不斷哭泣著，想必跟我一樣，找不到被帶走的孩子們而感到不知所措。」

「我下意識強撐起身體，走向那位婦女，把我還沒吃的麵包拿到她的面前。」

「加油撐下去，不要放棄希望，一定可以找到她們，絕對有再相見的機會。」

我竟然講出了這番話？應該是快不行的身體下意識沒放棄希望。那婦女道謝並接過我手上的麵包，但也沒有吃，她把麵包抱在懷裡，便小聊了一下。

手裡照片是一位銀白色頭髮的女性，穿著時髦的藍色禮服，後來才知道這位婦女根本是有錢人家……家裡被軍隊占領挪用，女兒也被帶走了，老公和其家人當場被軍隊射殺，自己純粹僥倖才活了下來，那時候有再多的錢也無法起到作用。

大家心裡都明白，自己根本手無寸鐵，無法與政府抗衡，突來的鎮壓沒人抵擋得住，失望絕望神情在現場每個人臉上都一清二楚。

我的身體快認輸了，但是內心深處卻抱持希望，努力讓自己動起來，我才明白要先顧好身體，才能在有生之年再次見到妹妹蒂娜。

回想起來，那時候那婦女的女兒照片讓我難以忘懷，貴族有錢人真是美麗。

「一天又一天的過去，街上的糧食也開始不夠了，搶奪的現象日漸平凡，我如同行屍走肉地在路上不斷找尋蒂娜的蹤影，哪怕是一點線索也好，政府機構離黑市也有好幾百里路，我根本走不到……」

自己身上根本沒有錢，發現四周的遊民正走向我，想必要從我身上找尋錢財，我沒有很在意，這都不是我在意的事情，就在這一刻老天爺好像聽到了我的願望，蒂娜當時竟然從天而降，出現在我的面前……

眼前的蒂娜已經不是當年那位活潑開朗的女孩，已經被改造成Y型號失去了人性，只聽命行事的殺人兵器。

「經過一番努力，好不容易讓蒂娜意識脫離政府的控制回到了我身邊，不知不覺已經過了一年，我妹妹竟然變成這個樣子，我絕對不放過這狗屎Y政府……」

蒂娜此時聽到這流下了淚水……情緒顯得有些激動。

「妹妹怎麼哭了？」

「不……我回想起這一年，我到底……殺了多少無辜的生命……」

「意識中，我躺在明亮的床上，一堆噁心醜陋的大叔對我傻笑著，並在我腦部注射清除記憶的不知名藥劑，讓我意識逐漸模糊……」

「我唯一不想忘記的是……哥哥。」

「那時候我無論如何哭喊，到底想對我做什麼？四周的人唯獨一位穿著軍服的大叔眼睛卻是難過的，不像是其他人看到獵物的神情。」

那個大叔在我快失去意識時，往我左手血管上打入不明的藍色藥劑，隨後輕聲在我耳邊說：

「對不起，蒂娜。」

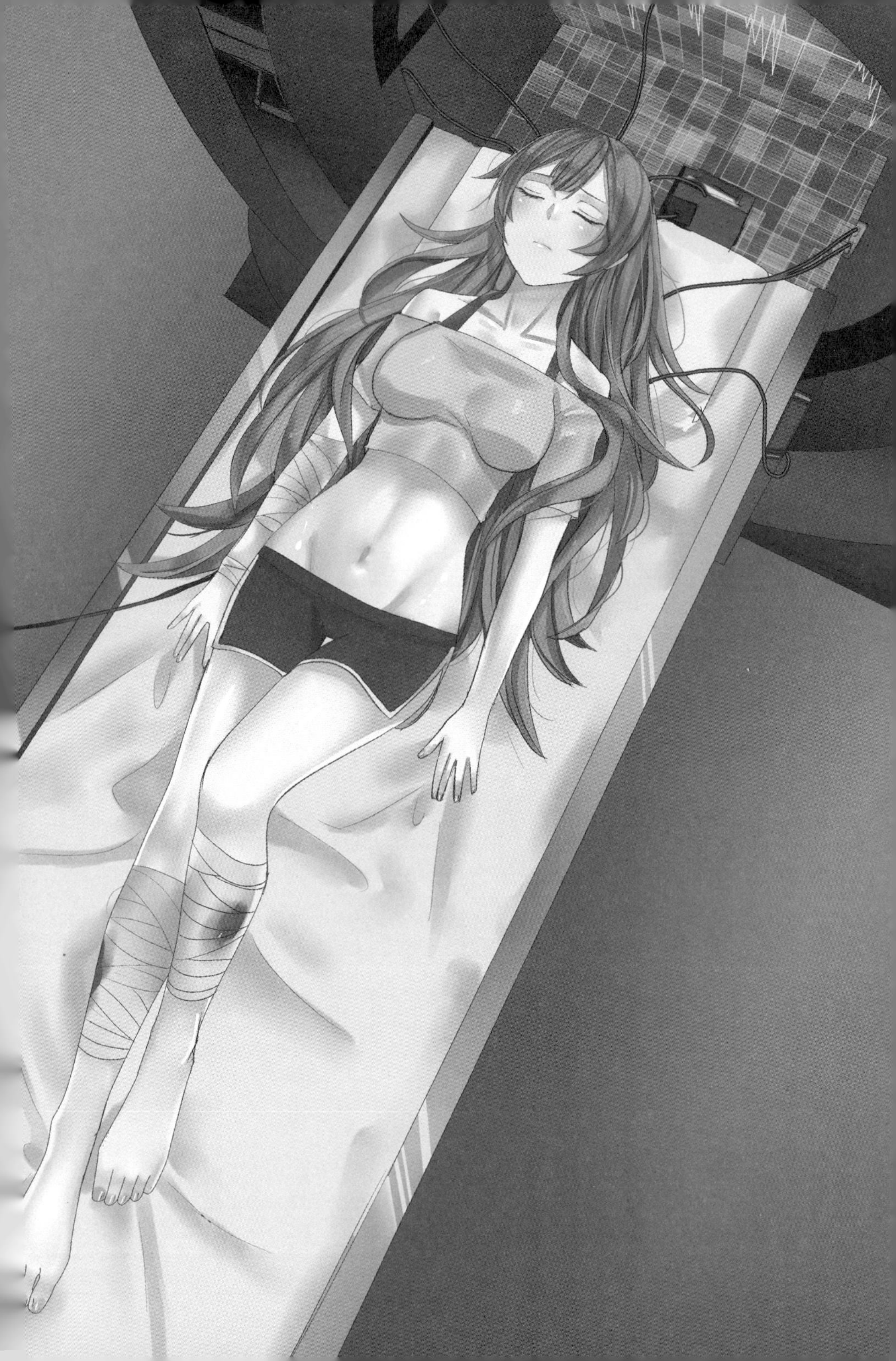

「這回想，該不會就是哥哥遇到的父親？」

「遇到四方院大姊到現在，資料庫也找尋不到有關於父親或母親的資料，在我還沒清醒的這一年裡，很多無辜的生命可能都死在我手上了，我到底該怎麼贖罪……？」

「妹妹，那是妳被控制情況，非妳本人意願，不要全放心上。」

「哥哥……即使如此，這一年被我殺的人們是確實死了，我殘害了無辜的生命。」

克萊絲此時打斷了兄妹的對話。

「別再去想了，這話題到此爲止，你們兄妹至今爲止都做得很好。」

蒂娜看向克萊絲。

「克萊絲姊姊……」

「蒂娜妳太過於善良，別被過去陰影綁住自己，贖罪就是打敗Y政府解放凡提亞眞正的和平，這就是當下我們革命軍該做的。」

「姊姊振作起來，玲奈我永遠都會陪在妳身邊，一起奮戰吧。」

「你們大家……謝謝你們，這場戰鬥我如此的不爭氣。」

這時病房外的四方院閉著眼睛心想著：

「真是群愛哭的孩子們，成長的道路還在持續，面臨的敵人遠遠超乎妳們的想像，當時實驗室裡的那傢伙，該不會提取雪莉的血液做了其他不該做的研究吧？如果是這樣……那即便是我也很難贏了，蒂娜妳們要變得更強才行。」

四方院睜開眼看著空氣中好像瀰漫著什麼細微的細胞微粒便說著：

「看來偷聽的不只我一位，真是不坦然的孩子。」

醫院外的涼椅上，蕾伊正在看著天上的鳥兒和四周蝴蝶在草地上飛舞，微風吹著飄逸的長髮，整體顯得十分孤獨感。

「革命軍嗎？要推翻Y政府可是天大的難事，還能彼此互相信賴依靠，這就是所謂的家人嗎……？」

「我不知道看過多少企圖攻打Y政府的反抗分子，但全都死了……在那些強大的克隆體力量之下沒人活下來，但是這次孝英他們……竟然做到了……」

「兄妹的情懷嗎？我沒有兄弟姊妹，我也好想體會一下那種幸福的感覺，如此被他人所重視……」

蕾伊眼角此時也流下了些許的淚水，這是難過的淚水且帶有寂寞和痛苦的情緒發洩。

「我只是說如果……我如果是當時受難的蒂娜，孝英是不是也會這樣在意我……」

「在大家的內心裡，是不是有這麼一點機會能有我這局外人所能容下的空間……」

革命軍互相信賴，讓蕾伊給了很高的評價，但也掩蓋不了自己內心孤獨寂寞的事實，坐在晴空長椅上的蕾伊甩動的雙腳晃蕩，內心突然有人跟她對話。

「謝謝妳拯救我的生命，妳就是Y型號：8蕾伊嗎？」

蒂娜利用遠端連線至蕾伊內心，可以遠距離談話。

「身體好了點嗎？蒂娜。」

「我可以直接叫妳蕾伊嗎？現在起不要用Y型號互稱吧，我們本來是正常不過的人類……」

「蒂娜……」

「蕾伊謝謝妳救活了我，讓我重新回到大家身邊，這恩情實在難以回報。」

「要謝我的話，等推翻Y政府再說吧，我只是順手拉妳一把。」

「蕾伊，我也能把妳當成家人嗎？」

蕾伊雙眼留下了淚水。

「蕾伊其實妳剛剛內心的想法我都聽到了……沒問題的，現在起我們是一家人。」

「我真的可以嗎……？」

醫院樓上蒂娜病房窗外打開，孝英往樓下大喊著：

「蕾伊上來樓上嘛，獨自坐在那邊做什麼？一起過來吧？」

蕾伊轉頭向上看著孝英充滿笑容的表情，這時的內心只有一種想法……

蕾伊順手拉掉一直綁在頭髮上的髮繩，讓自己的馬尾完全飄散下來，眞正的樣貌卽將不掩蓋性別的展現眞正的自己。

此時的蕾伊是甦醒自我意識到現在第一次坦誠面對自己的內在。

「孝英……願你內心深處也有那麼一點機會……有我能容下的位子……」

CHAPTER 13
可能喜歡你

自從克隆體計畫被革命軍終止後，時間一瞬間已經過了5個多月，在這段時間裡，革命軍把白浪鎮當成地表上的新據點，此次大戰的傷亡數為932位死亡、1733位輕重傷，加上扣除運送重要資訊和大量設備回地下城的革命軍弟兄人數，造成現階段人力上不足1萬人。

革命軍們持續養精蓄銳，各個白浪鎮大型出入口都安排人手站崗，奇怪的是Y政府失去了這麼重要的克隆體機構卻依然沒有任何動向。

街道上革命軍男女弟兄們，正在互相努力訓練體能和格鬥技，孝英和克萊絲完全沒有空閒著，一樣嚴格指揮大家操練身體，其目的要讓身體隨時保持在熱機狀態，太依賴科技戰鬥服是一種壞習慣。

「玲奈麻煩妳了。」

「好的……孝英哥哥，不過眞的要這麼做嗎？」

在操練場孝英要眼前至少100位弟兄拿起木棍圍毆玲奈，只要能用木棍打中玲奈的肚子、頭部、胸口等身體致命位置，就能休息吃午餐。

「統領啊……你確定要我們一群人圍毆一位小女孩嗎？」

「就是說……我還眞下不了手……」

「小妹妹這麼可愛，難道我們一群大人要集體圍毆她？」

現場的弟兄們開始竊笑起來，孝英此時完全不開玩笑地說著：

「Y政府目前沒有動向，我們更應該抓緊時間變強自我能力，看輕Y型號可是會吃苦頭的，搞清楚狀況各位。」

克萊絲也拿起木刀說著：

「這次除了孝英以外我也一起上，如果我也達不到條件，我們一起不用吃飯，身爲將領我陪你們。」

「各位不用這麼恐怖吧，這樣我該如何？」

玲奈對於這訓練顯得額外緊張，一臉無助的看著孝英。

「玲奈妹妹，妳正常打鬥就可以了別擔心，各位都有穿戰鬥服應該不會被打死……沒問題的。」

此時衆人怒斥孝英。

「開什麼玩笑，將領你剛剛講話停了一下對吧？」

「你剛剛猶豫了對吧？」

「說到底這小女孩眞的這麼強嗎？」

於是訓練開始了，玲奈在中央被眾人包圍起來，雙手握拳也擺出準備迎擊的動作。

「這小女孩好可愛啊。」

「小姑娘受傷可就不好了喔？」

這一瞬間場面頓時安靜了下來，玲奈散發出的氣場威嚇力十足，眼神非常銳利看著四周的革命軍。

「目標數：一百一十三、階級：平民、威脅力：低。」

「想不到孝英哥哥帶領的革命軍，威脅程度只有：低，難怪要做這種訓練。」

克萊絲明顯感受到玲奈散發出氣場是三百六十度全方位的高度警戒，這駭人的氣勢明顯就是「殺氣」。

「沒想到小女孩被改造成這種兵器等級的怪物，該死的Y政府……」

「喝啊！」

「大家一起上，準備吃飯啦！」

「看招，小女孩。」

眾人往玲奈一轟而上，玲奈飛快的用單手接住革命軍弟兄砍下來的木刀後折斷，接著給目標肚子一拳普通攻擊，威力至少是時速60的汽車往你撞過來的力量，擊中後都往後彈了出去。

「嘔啊……」

反應不到0.3秒瞬間，對身邊的敵人做一樣的動作，整個場面發出一堆「碰」、「碰」、「碰」的聲響，在孝英眼前是弟兄接二連三往不同方向飛出去的場面。

差不多過了不到10分鐘一百一十二人全倒地躺平，剩下克萊絲和玲奈正在互相僵持打鬥。

「加油啊！將領，剩下妳而已。」

「對啊！我們能不能吃飯就看妳了！」

克萊絲每一次的劈砍都被玲奈用手臂擋住，但要反過來抓克萊絲手上的木刀時，克萊絲快速的反應把木刀收回來。

「克萊絲姊姊，可以全力喔。」

「玲奈妹妹真的嗎？那可別受傷了。」

克萊絲拔起背後的眞軍刀，刀身瞬間充滿電流，跳起來往玲奈劈砍，玲奈右手揮拳碰撞軍刀的刀身後，空氣中產生強大的衝擊波，克萊絲揮砍速度和玲奈出拳速度幾乎一樣，兩人持續僵持著，孝英看了打鬥後心想。

「教官果然厲害，換成是我可能早就倒下了。」

克萊絲再次揮砍的同時左手拔出大腿上的配槍往玲奈射擊。

「不愧是克萊絲姊姊，出招總是讓人出乎意料。」

玲奈左手握住軍刀的刀身，右手快速用手掌接住克萊絲射過來的子彈後，兩人停止了攻擊。

「眞是厲害，玲奈妹妹。」

「沒有的事，克萊絲姊姊眞的很強，我輸了。」

衆人注意到玲奈隨後用手指著自己腰圍衣服有被子彈擦過的痕跡。

「有一顆我沒有擋到，所以結論是我中彈了，致命傷位置。」

大家此時歡呼起來。

「吃飯啦！」

「太好了，不愧是將領啊！」

克萊絲收起武器後走到玲奈旁邊小聲地對著玲奈說著：

「妳剛剛是故意少接一顆子彈吧，妳不可能沒注意到我往不同方向的射擊軌道。」

玲奈此時沒說什麼只是看了一下克萊絲吐了一點小舌頭。

「果然……玲奈也開始調皮了？」

「我才沒有勒……」

中午大家吃過飯革命軍開始入浴清洗，白浪鎮也可以泡澡有著大型浴池，時間約經過兩小時後，男浴池的所有人不知為什都集體很自然地離開了，隨後蕾伊走進男浴池開始泡澡，一片沒人的浴池顯得額外寧靜。

「革命軍嗎？……還眞是努力，說不定眞有機會推翻Y政府。」

「眞是不可思議，白浪鎮竟然恢復了和平，我看到了幾乎不可能發生的事情。」

「原本就打算用眞性別跟大家相處，但我還無法馬上習慣，這次又不自覺的來到了男性澡堂，看來我也有些改變了呢……」

蕾伊自言自語的同時突然聽到男浴池外有聲音顯然有人進來了。

「怎麼會……有人要進來泡澡？我明明使用了生命微粒驅趕離開這裡的人，短時間內都不會有人有意識想來泡澡……」

蕾伊開始驚慌失措的看著眼前，此時正要打開門走進來的人到底是誰？自己控制意識的能力竟然不管用。

「哎呀！這浴池還眞大，不過大家怎麼都洗這麼快呢？人都哪去了？」

「怎麼會這樣？竟然是孝英……」

「這不是蕾伊嗎？原來你也來泡澡呀！」

「阿……對啊……」

孝英坐下來背對蕾伊開始清洗身體，身後的蕾伊則臉紅轉向別處。

「話說蕾伊我一直沒能好好謝謝妳，費盡心思的拯救我妹妹。」

「那……那沒什麼啦，你別放心上。」

「不……這恩情真的欠大了，蕾伊你有什麼需要的，只要是我們革命軍能做到的儘管開口吧！」

蕾伊此時心想著：

「我哪有什麼恩情，這治癒能力也是恰好喚醒蒂娜而已……」便說著：

「那……那就推翻Y政府吧！」

「蛤？這不是要求吧？這本來我們就該做的。」

孝英繼續清洗著身體把重要部位圍起浴巾後走了過來也一起泡澡，蕾伊則縮在浴池的角落。

「呼，泡澡真是舒服，一身疲憊好像瞬間消失一樣。」

「就……就是說啊……」

「真的很感謝你救活了蒂娜，加上這次我曾經三度失去妹妹……」

「三度？」

「2年前妹妹被帶走的那一次，再來是妹妹主動去打擊Y型號4的那次，再來就是失去性命的這一次……我這做哥哥的卻什麼也沒辦到。」

「不過你也成爲了革命軍將領了不是嗎？」

「話是這麼說，不過和克萊絲教官比起來我還差的太遠了。」

「克萊絲是你的戀人嗎？」

「這目前來說……是……」

蕾伊停頓了一下：

「這樣……啊，恭喜你能結交到這麼美又厲害的女朋友。」

「沒有啦！只是緣分多虧認識她之後一直不斷訓練我，才稍微有點長進。」

空氣中瀰漫著孝英熟悉的味道。

「奇怪，我從剛剛就很在意了，這香味好像在哪裡聞過？」

「香味？」

「有種淡淡的茶香味，對了！這是克萊絲洗髮精的味道，但爲什麼這裡會聞到呢？」

蕾伊抓起自己的一戳頭髮聞了一下說著：

「這是克萊絲給我的洗髮精，茶香味的。」

「克萊絲給妳的？那還眞是奇怪……克萊絲會給人私人用品來說應該只會給……」

孝英愣住再仔細看著眼前的蕾伊。

「該不會……蕾伊妳……」

蕾伊臉紅地看著別處回應孝英……

「現在才發現的也太晚了……變……態。」

「什……麼？」

原來孝英眼前的蕾伊，打從一開始就是女性，一直使用男性的性別僞裝自己，眞正其實是一位美麗的女孩，胸前圍繞著浴巾隱約看的到雄偉的胸部。

「抱歉……蕾伊我眞的不知道妳是女的，不過怎麼會在男子浴池呢？我馬上離開！」

孝英正要匆忙起身想離開浴池，蕾伊接著說：

「不用……這麼慌張多泡一下沒關係的沒有人會進來，只是不知道我的能力竟然對你行爲意識不管用。」

「蕾伊這還眞是抱歉，我竟然沒注意到妳是女的。」

「孝英你還在意這個啊，果然很色……」

「不……不是啦。」

孝英驚慌的樣子，蕾伊笑了出來，發自內心的笑容，孝英看在眼裡是多麼的美麗。

「孝英，你一定要打敗Y政府活著回來。」

「當然！這是肯定的。」

「等你成功回來……我有話想對你說……」

「怎麼要那麼久，現在就不能說嗎？」

蕾伊顯得非常慌張。

「不……不能，現在還不能，總之到時候成功的話，我有話想告訴你。」

「好吧，什麼事情這麼神祕，不過等你要說再告訴我吧！」

蕾伊眼神看向別處心裡想著：

「等到那時候，我會告訴你，我眞正的心意，我可能喜歡你」

另一處的蒂娜已經痊癒和玲奈以及四方院在白浪鎮的大街上走在一塊。

「姊姊恭喜痊癒了。」

「謝謝妳，這一次眞的辛苦妳了，玲奈妹妹。」

四方院停下腳步轉頭抱住蒂娜。

「四方院大姊？」

「下次……蒂娜別在一個人拼命，有危險就儘管逃知道嗎？」

「讓四方院大姊擔心了，對不起……明明訓練都那樣叮嚀我的，卻還是……」

「蒂娜妳太善良了，這就是戰鬥中的致命弱點。」

玲奈也抱住蒂娜的左手，3姊妹此時依偎在一起顯得額外窩心。

「放心吧，現在起我絕對寸步不離開姊姊的。」

白浪鎮之外遙遠的地下城中，正發生恐怖的事情，就在這5個月時間裡。

泰達看了電腦數據後，持續分析白浪鎮帶回來的克隆體資訊和大量器具。

「想不到修復這克隆體，竟然花了這麼長的時間。」

一旁的女孩坐在椅子上吃著東西，回應著泰達博士：

「那是你的技術退步了，泰達。」

「不……我技術沒有退步，而是數據顯示這能力竟然能完全密合在妳身上。」

這位女孩手中吃完的甜點，小盒子隨手往地上一丟，又從一旁桌上拿起下一個小盒子，繼續吃著裡面的甜點，不過表情卻顯得十分生氣。

「不可原諒……玲奈，妳眞的不可原諒……」

「話說妳到底要吃多少才肯罷休？」

地上滿滿的裝布丁的小盒子，一位女孩正不停的吃著布丁，手的動作沒有停下來過。

「玲奈我饒不過妳，竟然每天都吃這種叫做布丁的東西……竟然……」

泰達此時嘆了口氣。

「快住手，妳難道想把地下城的布丁全吃完嗎？」

「給我廢話少說……泰達，快點把其他不同的口味拿來給我。」

「我說啊！就算是玲奈也沒妳這麼貪吃……妳到底在氣她什麼？」

「玲奈這貨……肯定……肯定，一直在吃這麼好吃的食物吧？這叫布丁的東西？」

「那是妳味覺跟正常人一樣，更何況妳年紀也是跟玲奈一樣是平凡的女孩，對甜點有興趣很正常吧？」

這位女孩腳邊跑來熟悉的小貴賓狗，不斷地舔著這位女孩的小腿。

「對了……這狗兒也肚子餓了，泰達快告訴我，你們平常養狗都給牠們吃什麼？」

「我的天啊，妳竟然問起狗了，這個性哪裡像玲奈了？根本完全不同人……」

泰達此時的心情是無比的開心：

「看來玲奈交到不錯的朋友，眞令我感到開心。」

「什麼朋友？玲奈當時不是說家人嗎？」

「家人？玲奈……恭喜妳，看來妳這家人會給妳添加不少麻煩。」泰達心想著：

「地下城的布丁可能會就此滅絕了吧。」

眼前的少女竟然會露出燦爛的笑容拿著食物餵食小貴賓狗，這畫面在泰達博士眼中有種自己的罪孽得到些許救贖的感覺。

「好的，我會指導更多知識給妳的，不要吃太多布丁了。」

「少囉嗦！泰達，快拿其他口味給我。」

「快住手……妳難道眞的想吃垮地下城的布丁嗎？」

「玲玲。」

革命軍正努力地持續走下去。

抗戰的道路尚未到達終點。

玲玲最後修復成功，對不知情的玲奈將是一份突發的喜悅。

革命抗戰拿到了首度的勝利，地表區域終於恢復了部分的平靜，抗戰努力不懈怠，凡提亞想必離眞正的和平不遠了。

國家圖書館出版品預行編目資料

殺戮之星：凡提亞／夏之楓著. --初版.--臺中市：白象文化事業有限公司，2021.11
面； 公分
ISBN 978-626-7018-99-6（平裝）

863.57 110015628

殺戮之星：凡提亞

作　　者　夏之楓
校　　對　夏之楓
發 行 人　張輝潭
出版發行　白象文化事業有限公司
412台中市大里區科技路1號8樓之2（台中軟體園區）
出版專線：（04）2496-5995　傳真：（04）2496-9901
401台中市東區和平街228巷44號（經銷部）
購書專線：（04）2220-8589　傳真：（04）2220-8505
專案主編　林榮威
出版編印　林榮威、陳逸儒、黃麗穎、水邊、陳媁婷、李婕
設計創意　張禮南、何佳諠
經銷推廣　李莉吟、莊博亞、劉育姍、李如玉
經紀企劃　張輝潭、徐錦淳、廖書湘、黃姿虹
營運管理　林金郎、曾千熏
印　　刷　基盛印刷工場
初版一刷　2021年11月
定　　價　400元